Antony Fortunat

L'immigrante

Roman

© Éditions Milot – Paris - Antony Fortunat
ISBN : 9782493420114

Le Code de la propriété intellectuelle et artistique n'autorisant aux termes des alinéas 2 et 3 de l'article L.122-5, d'une part, que les copies ou reproductions strictement réservées à l'usage privé du copiste et non destinées à une utilisation collective et, d'autre part, que les analyses et les courtes citations dans un but d'exemple et d'illustration, toute représentation ou reproduction intégrale, ou partielle, faite sans le consentement de l'auteur ou de ses ayants droit ou ayants cause, est illicite (article L.122-4). Cette représentation ou reproduction, par quelque procédé que ce soit, constituerait donc une contrefaçon sanctionnée par les articles L.335-2 et suivants du Code de la propriété intellectuelle.

L'auteur exprime toute sa gratitude envers sa famille ; son épouse, ses enfants, ses petits-enfants et ses frères qui l'ont soutenu dans l'écriture de ce roman.

Ce livre a également bénéficié de l'appui de ses amis. L'auteur leur remercie et tient particulièrement à témoigner sa reconnaissance à Isaac Cantave Compère et Guy Beauzil, ses inspirateurs et à Eddy Mésidor, Moussa Blimbo, Jackson Rateau pour leurs conseils.

« *Pour réussir dans la vie, aucun risque n'est impossible à dominer, grâce au courage et à la persévérance, soutenus par la vision de la victoire. C'est le message que Liliane transmet à travers ce roman amusant et encourageant.* »

Isaac Cantave Compère

Chapitre 1

Pump... pump... pump ! Le son strident du Klaxon sort Liliane d'un profond sommeil. Ses yeux clignotent sous le dard des premiers rayons du soleil qui se reflètent sur un des murs de la chambre. Elle se lève prestement, réalisant qu'il fait jour. « Oh, Seigneur Jésus ! Je suis bougrement en retard ! »

Elle réside dans une des banlieues de la capitale et travaille en ville. Chaque matin, elle évite des frais de transport grâce à la courtoisie d'un ami qui lui réserve une place dans sa voiture. Mais ce jour-là, trompée par le sommeil, elle rate le rendez-vous.

Cet incident est le premier d'une série qui va bouleverser sa journée. À cause de ce retard, elle subit les réprimandes de la maîtresse de maison. Elle se fait ensuite dévaliser par un groupe de jeunes délinquants pendant qu'elle fait des emplettes pour Madame. Au retour, elle échappe de justesse à l'agression du chien de la maison voisine.

Mais l'incident fatal, c'est la chute d'un vase en porcelaine pendant qu'elle nettoie le salon. Liliane ne comprend pas ce qui lui arrive. Elle commence même à penser à quelque maléfice, se souvenant des menaces proférées par une dame du quartier au cours d'une altercation.

Tandis qu'elle ramasse les morceaux du vase éparpillés sur le parquet, elle réfléchit à la manière d'annoncer cette désagréable nouvelle à Marie Joe, sa patronne. Finalement, prenant son courage à deux mains, elle va la trouver.

— J'ai à vous parler, madame.

— Que se passe-t-il ? Parlez, je vous écoute, répond Marie Joe.

— Il m'est arrivé quelque chose d'incroyable, madame...

— Quoi donc ? s'impatiente Marie Joe, irritée. Vous avez perdu l'argent ? Dépêchez-vous, je n'ai pas de temps à perdre.

— Votre vase, madame... Il a glissé de mes mains pendant que je le nettoyais et il s'est brisé.

— Quoi ? Mon vase de porcelaine ? Vous l'avez brisé ? Mais ce modèle n'existe plus !

Le visage de Marie Joe s'est transformé. Elle prend sa tête entre ses mains et s'écroule dans son lit en vociférant :

— Cette petite pimbêche a brisé mon vase !

Liliane garde le silence, laissant à sa maîtresse le temps de se calmer. Puis elle s'approche prudemment du lit pour lui faire des excuses.

— Madame, je ne l'ai pas fait exprès.

— Allez-vous-en ! Mais débrouillez-vous pour me rendre ce vase ! Et cessez de m'importuner, vermine ! Trouvez-vous donc un mari, pour vous calmer les nerfs !

Marie Joe est une femme ombrageuse et jalouse. La perte du vase l'affecte réellement, mais elle saute sur l'occasion pour entretenir Liliane d'une autre affaire.

Depuis que M. Vol Mar, son oncle, a décidé de s'installer en Floride pour gérer son entreprise, Marie Joe occupe la maison avec son mari, Alphonse, et Liliane continue à y jouer le rôle de gouvernante en raison de son ancienneté. Sa loyauté et sa conduite exemplaire lui ont valu la considération et la confiance de son ancien patron, qui lui a promis un visa en récompense pour ses bons et loyaux services depuis une décennie.

Liliane, de taille moyenne, a un physique attrayant. Ses yeux noirs, ornés de sourcils épais et rapprochés, animent son visage angélique. Son sourire sournois laisse découvrir de belles dents blanches, enchâssées dans des gencives violettes. Sa démarche déhanchée ne saurait laisser indifférent même un moine. Elle possède donc toutes les armes de la séduction.

Cependant, les vicissitudes de la vie la retiennent comme servante dans cette maison. Bien qu'elle ait rencontré un compagnon acceptable parmi ses nombreux prétendants, depuis sa mésaventure avec son premier amant, qui l'a abandonnée avec un enfant, elle a développé une sorte de phobie des hommes. Elle s'est donc jurée de vivre seule et de ne compter que sur ses propres moyens pour subvenir à ses besoins. À trente ans, avec une éducation et un niveau intellectuel moyens, elle espère encore rattraper le temps perdu. D'ailleurs, elle continue de tourner la tête à tous ceux qui la croisent.

Marie Joe sent son foyer menacé par la prestance de sa servante. Une fois, elle a même surpris Alphonse, son mari, qui regardait Liliane avec envie à travers la fenêtre pendant que celle-ci allait au marché. Cette attention a déclenché sa jalousie bien que rien ne puisse justifier cette animosité envers la jeune femme.

L'incident du vase brisé lui fournit l'occasion rêvée de blesser l'amour-propre de Liliane en lui rappelant sa condition de servante. Mais, cette dernière, quoique habituellement polie et respectueuse, a parfois des sautes d'humeur. Les propos déplaisants de sa patronne la mettent hors d'elle et l'incitent à répliquer avec fermeté.

— Mme Alphonse, vous devriez mesurer vos paroles. Le fait que je travaille pour vous ne vous autorise pas à m'humilier. J'ai droit à un certain respect.

— Après ce que vous venez de faire, vous osez répliquer ?

— Oui, je me dois de défendre ma dignité.

— Qu'est-ce que la dignité ?

— Ma vie privée ne vous regarde pas, Mme Alphonse. Je vous

interdis de vous immiscer dans mes affaires personnelles !

— Hé là ! Cessez de hurler dans ma maison ! Vous avez brisé mon vase, et j'attends des excuses ! crie Marie Joe.

— D'accord. Je suis arrivée en retard ce matin et j'ai cassé votre précieux vase. Je comprends que vous puissiez en être contrariée. J'admets mes torts, même si c'est la première fois que cela arrive. Quant à votre vase, je peux travailler pour le remplacer.

En guise de réponse, Marie Joe se contente de toiser Liliane. Celle-ci, se sentant profondément outragée par l'arrogance de sa patronne et considérant sa réaction comme insultante et injuste, lance vivement :

— C'est ma dernière journée ici ! Ne comptez plus sur mes services dans votre maison !

Sur ces mots, elle sort en trombe de la chambre de sa patronne, ramasse ses affaires et décide de rentrer chez elle.

En chemin, elle réfléchit sur la condition des petites gens. « Comme les patrons sont ingrats ! se dit-elle. Ils sont avec vous tant que tout marche bien et dans leur intérêt. Mais à la moindre erreur, ils n'hésitent pas à vous jeter sur le pavé. »

Elle travaille chez les Vol Mar depuis dix ans et s'est consciencieusement acquittée de ses tâches malgré son maigre salaire. À cet égard, le dédain affiché par Marie Joe a éveillé en elle une profonde rancœur.

Parvenue à l'arrêt de bus, elle réussit à se trouver une place dans celui qui se dirige vers chez elle, dans une atmosphère de sauve-qui-peut ; car, à cette heure de pointe, la pluie menaçante provoque un embouteillage monstre qui perturbe le trafic. Après mille péripéties, elle arrive enfin à destination, abattue physiquement et moralement. Elle se jette dans son lit sans même se déshabiller, méditant encore sur sa mésaventure. Elle commence à regretter sa réaction intempestive et s'inquiète pour son avenir, dans cette conjoncture de chômage chronique. Toutefois, elle n'envisage pas de faire amende honorable auprès de Marie Joe.

Brusquement, elle se dresse sur son lit, résolue à tourner définitivement la page. « Bon, se dit-elle, à présent je ne veux dépendre que de moi-même. Je vais m'engager dans le commerce informel comme les autres femmes de ma catégorie sociale. Les débuts seront certainement difficiles, mais je finirai bien par m'adapter. D'ailleurs, c'est l'unique issue pour le moment. »

Pendant que ses pensées se bousculent dans sa tête, Mme Joseph, une de ses amies, frappe à la porte.

— Voisine Liliane, j'ai une nouvelle pour vous : un monsieur a téléphoné ce matin pour faire savoir que le rendez-vous a été fixé à demain, 5 heures de l'après-midi. Vous devrez voir Carmen pour plus de précisions.

— Il n'a pas laissé son nom ?

— Non, rien de plus.

Liliane ne comprend pas cet étrange message, d'autant moins qu'elle n'entretient pas de relations étroites avec Carmen. Sans perdre de temps, elle bondit de son lit, franchit la porte de son domicile et court chez Carmen qui l'accueille avec euphorie.

— Lilie, ma chère, nous sommes sauvées ! Nous allons enfin quitter cet enfer ! C'est pour demain après-midi, à 5 heures. L'organisateur du voyage nous attend à Petite-Anse. Nous devons partir d'ici très tôt pour anticiper les éventuels aléas du trajet.

L'empressement de son amie l'incite à repartir sans même avoir eu le temps de faire le moindre commentaire ni de s'enquérir de la source de cette information. D'ailleurs, Liliane ne peut s'empêcher de penser au projet de Vol Mar, continuellement différé. En dépit d'une preuve tangible, cette nouvelle arrive à point nommé en cette fin de journée marquée par la déconvenue.

À en croire Carmen, elle n'a cependant que quelques heures

pour se décider. Elle devra donc se contenter d'un simple message pour prévenir ses parents, qui vivent à deux cents kilomètres. Cela ne suffira pas pour calmer leur inquiétude, vu le caractère aventureux de cette entreprise. Le père de Liliane n'a jamais oublié la tragédie qui a coûté la vie à son fils aîné, Gérald, dont la disparition a irrémédiablement ébranlé la santé de sa mère. Depuis ce malheureux événement, celle-ci souffre d'une migraine chronique qui, par moments, la cloue au lit pendant des jours. Le plus souvent, elle s'en remet grâce à l'assistance de sœur Yotte, la femme sage du quartier, qui applique de temps en temps sur son front une compresse de café amer mélangé avec de l'huile de Palma Christi et de feuilles de sanglier. Dans la tradition rurale, ce cataplasme a la propriété de diluer le sang et de diminuer les maux de tête — les paysans n'ont pas le privilège d'avoir accès aux soins médicaux dispensés dans les hôpitaux de la ville.

Les anciens n'approuveront donc jamais de gaieté de cœur l'idée d'un tel déplacement pour leur fille.

De plus, Liliane n'aimerait pas partir à l'insu de Rachel, sa fille de dix ans, trop jeune pour comprendre l'enjeu de ce voyage. Toutes ces questions-là tourmentent et la mettent, en cet instant crucial, devant un véritable dilemme. « Rien n'est simple dans la vie, se répète-t-elle. La solution d'un problème en engendre souvent un nouveau. »

De retour chez elle après cette rencontre encourageante, elle pénètre dans sa chambre et se plonge dans une profonde méditation. Ragaillardie par ce moment de relaxation, elle se redresse avec détermination. « Bon, assez de tergiversation. Dans la vie, il faut savoir prendre des risques. Je ne vais pas laisser passer cette occasion à cause de considérations sentimentales. D'ailleurs, une fois de l'autre côté, je leur écrirai pour tout leur expliquer. Et puis l'argent que j'enverrai fermera cette blessure. »

Pendant qu'elle réfléchit ainsi, Liliane range des affaires dans une petite valise. « Je ne vais pas m'encombrer de beaucoup de choses. Juste de quoi me changer pendant la traversée. » Elle prévoit aussi quelques provisions : du fromage, du jambon, des sardines en boîte, une cantine de riz aux pois et de poisson au gros sel pour le premier jour. « Tout cela pourra servir, se dit-elle. On ne sait jamais quels incidents sont susceptibles de se produire au cours de ce genre de voyage. »

Une fois sa valise faite, elle téléphone à son cousin pour l'informer de ce déplacement inopiné et le charge de transmettre aussi adroitement que possible la nouvelle à ses parents.

***

Ces mouvements inhabituels de Liliane éveillent la curiosité du voisinage qui commence à se poser des questions sur cette femme casanière qui habituellement, une fois rentrée de son travail, s'enferme dans son appartement jusqu'au lendemain.

Cinq familles habitent cette baraque de cinq pièces, accolées les unes aux autres. Une petite galerie de deux mètres de largeur sert à la fois de passage commun, de cuisine de fortune et de salle de bains. Le soir, les ronflements tonitruants d'un voisin troublent le sommeil des locataires les plus proches, des feuilles de planche faisant office de cloisons. Cette promiscuité rend difficile toute confidentialité.

Liliane affiche un air hautain aux yeux de ses voisines, qui la considèrent comme une parvenue. Souvent, lorsqu'elle rentre le soir de son travail, elle est froidement accueillie. Certaines fois, il y en a qui, en la voyant arriver, laissent échapper des réflexions plutôt méchantes auxquelles elle ne prête guère attention. Elle ne fait donc pas vraiment bon commerce avec ces gens et ne se sent pas obligée de les entretenir de ses projets.

Elle prend donc la décision de se sauver à la cloche de bois, en se résignant à confier son secret à Mme Joseph, la seule personne avec qui elle entretient une certaine amitié.

Au cours de la nuit, après s'être assurée que tout le monde s'est endormi, elle l'appelle et lui chuchote à l'oreille :

— Voisine, je vais vous confier un secret, mais n'en dites rien à personne. Je dois me déplacer... Vous ne me verrez pas pendant quelques jours... Si mon projet réussit, je vous le ferai savoir.

— Comment, voisine, vous partez pour l'étranger ?

— Vous parlez trop fort. Je vous dis que je vous tiendrai au courant.

Liliane l'embrasse alors de toutes ses forces tandis que des larmes coulent sur les joues des deux femmes.

— Lilie, vous étiez mon seul soutien dans le quartier. Qui va m'aider, maintenant ?

— Faites-moi confiance... Tout le monde ne peut rester au même endroit. Sinon nous périrons tous ensemble. Qui sait si mon déplacement ne sera pas plus salutaire pour vous ?...

Chapitre 2

Le lendemain, Liliane et Carmen se rencontrent à la station d'où elles sont transportées au lieu du rendez-vous. Là les attend l'intermédiaire chargé de les conduire à destination 13.

Aussitôt que le chauffeur les dépose à un carrefour, un jeune homme, qui observe attentivement le mouvement des passagers, s'approche d'elles.

— Madame Liliane, madame Carmen.

Il prononce ensuite le mot de passe « 13 ». Mises en confiance, elles n'hésitent donc pas à le suivre.

Camillus, qui fait ce job depuis nombre d'années, n'a aucune peine à reconnaître ses clients, d'autant que ce carrefour est le lieu de tous les rendez-vous. Un gros mapou y étale ses longues et imposantes branches, conférant au site un cachet mystique. Des histoires insolites sur des phénomènes mythiques alimentent les croyances populaires.

Dès que Liliane foule le sol, elle sent ses cheveux se dresser sous l'effet d'une frayeur indicible. Mais, se souvenant des paroles de sagesse et de prudence de ses grands-parents, elle n'ose rien dire, même à Carmen. « Lorsque vous voyagez la nuit, enseignent les anciens, ne regardez pas derrière vous. N'attirez jamais l'attention sur ce que vous voyez ou ressentez d'anormal. » Il lui vient alors à l'esprit le sort subi par son ami d'enfance, Jeudilus, disparu sans laisser de traces. Il aurait été puni pour avoir révélé sa rencontre avec « maître Minuit, le dieu des ténèbres ».

Entre-temps, Camillus, leur guide, marche d'un pas rapide devant Liliane et Carmen. Il pénètre dans le bureau du chef de section, laissant ses protégées à une certaine distance. Après une brève conversation, il retourne vers elles et leur tend un document à peine lisible écrit à l'encre rouge.

— Voici votre laissez-passer, dit-il. Vous devez payer dix dollars.

Il les conduit ensuite sur la plage où tous les autres clients attendent.

— Restez ici jusqu'à l'embarquement, mesdames. Ma mission est terminée. Bonne chance ! leur lance-t-il.

Camillus, devenu leur nouvel ami depuis quelques heures, ne peut pas les accompagner plus longtemps car il doit s'accrocher à ce boulot pour survivre. Cependant, son souhait de « bonne chance » pénètre au plus profond de leur cœur, déjà pincé par la nostalgie. En tant que mères, elles prennent pour la première fois conscience de la douleur du sevrage, qui affecte particulièrement Liliane. Comment Rachel va-t-elle vivre cette séparation brutale ? Et pendant combien de temps ?

Devinant sa peine, Carmen essaie de la réconforter :

— Personne n'aimerait être ici, Lilie. C'est la vie qui nous y a amenées. Vous pensez naturellement à votre famille, et surtout à votre fille. Mais nous n'y pouvons rien... Nous ne connaissons même pas le chemin du retour... Nous sommes comme prisonnières. Nos amis, à présent, c'est cette plage ingrate, incapable de nous protéger, même de l'ardeur du soleil ; c'est la mer dont nous ignorons les surprises qu'elle nous réserve. Essayons de gérer ce moment en gardant notre moral aussi haut que possible.

— Vous avez raison, Carmen.

— Maintenant, allons rencontrer ces gens qui sont là-bas. C'est notre nouvelle compagnie.

Pendant que Carmen se dirige vers le petit groupe de passagers qui les ont précédées, Liliane, de tempérament plutôt solitaire, continue à faire les cent pas sur le sable encore tiède de cette plage sauvage. Elle promène son regard sur cet environnement rude et sinistre, témoin des souffrances et des déboires de ce peuple qui, malgré les sacrifices de ses ancêtres, n'arrive pas, après des siècles de lutte et de travail, à vivre dans la dignité et le bien-être.

Néanmoins, elle est particulièrement fascinée par l'immensité de l'océan qui étale à l'infini son tapis bleu et dont la majesté lui confère un aspect cynique et menaçant. Elle a certes l'habitude de voir la mer chaque matin en se rendant à son travail. Elle a maintes fois observé, avec passion, l'habileté et l'opiniâtreté des jeunes pêcheurs à la recherche de leur pain quotidien.

Mais, en cet instant, elle n'est qu'à quelques pas de cette mer. Elle peut même prendre contact directement avec elle. Et puis, dans quelques minutes, elle sera sous son entière dépendance. Brusquement, surgit du plus profond de son être une sorte d'inquiétude pareille à celle qui s'empare de la mariée au soir de sa lune de miel. Contemplant la face impassible de l'océan, Liliane suit le va-et-vient rythmé des vagues qui semblent se mouvoir sous la poussée d'une force mystérieuse. Elle prend soudain conscience de la petitesse de la nature humaine face à l'immensité de l'univers. Ses pensées planent au-dessus de ce gigantesque tapis qui se déroule à perte de vue, comme pour protéger les secrets enfouis dans les profondeurs aqueuses.

Son attention se fixe alors sur des taches blanches qui se balancent dans le lointain, à proximité de l'horizon, au gré des remous et des fluctuations de la surface de la mer. Ces petits bateaux sont irrésistiblement attirés par la force du vaste courant dans lequel ils s'engouffrent.

Liliane continue de contempler ce spectacle tout en méditant. La destinée humaine n'est-elle pas semblable à celle de ces embarcations ? Ne sommes-nous pas, comme elles, constamment ballottés par les tracasseries de la vie, entraînés par le courant du temps vers le gouffre de la mort ?

À ce moment, les cris stridents de corneilles la ramènent à la réalité. Elle se souvient alors du vocabulaire macabre qui dépeint la férocité et le cynisme de la mer. Tout à coup, elle ressent le besoin d'en faire le procès au nom de l'humanité. « Qu'avez-vous fait de ces matelots, de ces innocents que vous avez ravis à l'affection de leurs familles ? Où les avez-vous cachés ? Qu'allez-vous faire de nous ? » interroge-t-elle en pensée.

Une soudaine panique s'empare de la jeune femme. Bien qu'elle soit de confession chrétienne, elle ne peut s'empêcher de penser à Erzulie, la maîtresse de l'eau, et à Agoué, le dieu de la mer. Elle trouve dans sa poche trois pièces de cinq centimes et les jette le plus loin possible avec ces paroles :

— Voilà pour vous, maîtresse Erzulie et papa Agoué. Je suis sous votre protection.

Ce geste rituel vient de sceller son divorce d'avec sa culture et de rompre, sans qu'elle s'en rende compte, le cordon ombilical qui la rattachait à ses ancêtres. Car bientôt, si la chance lui sourit, elle sera happée par la civilisation technologique, et papa Agoué sera vite relégué dans les profonds recoins de son subconscient.

Alors qu'elle se retourne pour aller rejoindre Carmen, son amie, qui l'observe de loin, elle sursaute en croisant le regard d'un jeune homme qui se tient debout à quelques pas.

— Je me crois en présence de la maîtresse d'eau, lui souffle-t-il courtoisement.

Naturellement, Liliane ne répond pas, mais elle saisit facilement l'intention de ce galant inconnu. « Ils ne peuvent pas résister au charme d'une femme », se dit-elle. Bien qu'habituée à subir l'assaut des courtisans, elle ne s'attendait pas à en rencontrer un en cet endroit sauvage, ni surtout dans ces circonstances désagréables et tragiques.

— La maîtresse d'eau habite au fond des eaux, monsieur.

— Mais on dit que c'est sur le rivage qu'elle vient se coiffer et prendre l'air... Et puis elle ne déteste pas les humains, insiste le jeune homme.

— En tout cas, la maîtresse d'eau ne se laisse pas approcher par des gens curieux et importuns, rétorque Liliane en feignant d'être contrariée.

— Alors...

— Alors, quoi ? Zut, monsieur. Ce lieu et ce moment ne sont pas propices aux effusions sentimentales. Vous devriez plutôt réfléchir.

Après cette mise en garde, Liliane continue à marcher lentement vers le groupe, trébuchant dans le sable mouvant parsemé de petites coquilles qui piquent ses pieds sensibles. Le jeune homme en fait autant, mais s'abstenant d'adresser le moindre mot pour ne pas fâcher sa déesse.

Une masse de gens s'agglutinent dans ce coin de la plage, tous candidats à l'exode vers la terre promise. On en distingue de presque toutes les catégories : des intellectuels découragés par le chômage, des politiciens, vrais ou faux, fuyant des persécutions réelles ou imaginaires, des jeunes gens désillusionnés, écœurés par la mauvaise gestion de leur pays... Tous ont choisi de tenter leur chance ailleurs. L'écrasante majorité est représentée par les petites gens des bidonvilles, des paysans sans terre, fatigués d'affronter les vicissitudes de la vie. Tout ce monde a décidé de fuir sa terre natale pour le meilleur ou pour le pire.

Liliane promène son regard avec tristesse sur cette foule silencieuse attendant le Moïse qui va la libérer. Son jeune interlocuteur a cessé ses envolées poétiques et courtoises. « Comme la vie est absurde ! » se dit-il, car il se trouve confronté à la réalité du voyage des boat people. Il réalise que c'est un véritable commerce, basé sur la misère du peuple, et que la contribution financière de ces malheureux passagers clandestins alimente tout un système.

Ce silence sépulcral dure déjà depuis une bonne trentaine de minutes quand soudain surgit d'un buisson un monsieur d'un certain âge qui se dirige allègrement vers eux, visiblement porteur d'un message important. Étrangement habillé, il porte un pantalon légèrement trop large, soutenu par des bretelles. À première vue, c'est un homme du métier.

Il soulève son chapeau de laine noir et parle d'une voix un peu nasillarde :

— Bonsoir, tout le monde... Je suis le représentant de l'organisateur. Nous partirons dans deux heures... si tout se passe bien... Vous savez que... ce n'est pas un voyage normal. Il y a toujours de petits problèmes... des précautions à prendre... Mais avec l'aide de Dieu, tout se passera bien.

La foule l'écoute religieusement, comme de bons élèves avant les examens. Personne n'ose manquer un mot des instructions du maître.

Chapitre 3

Ils forment des petits groupes par affinités et se dirigent vers les barques destinées à les transborder sur le bateau principal qui attend au large.

Liliane fait partie du dernier contingent. À peine a-t-elle mis les pieds sur la barque de secours qu'elle se rend compte de la présence du jeune homme de la plage.

— Oh, vous êtes ici ? Pourquoi n'êtes-vous pas avec les autres ?

Il fait semblant de ne pas entendre.

— Vous ne répondez pas ? Quel est votre nom ? reprend-elle après quelques secondes de silence.

Cette fois-ci, il répond promptement pour ne pas agacer Liliane.

— Laurent, madame.

En moins de soixante minutes, les deux cents passagers sont à bord. Ils sont arrimés les uns aux autres comme au temps des négriers, endurant les mêmes traitements inhumains, et exposés aux mêmes menaces proférées à l'encontre des récalcitrants. Ils vont affronter, comme leurs ancêtres, les redoutables intempéries de la traversée, sous les yeux cupides des passeurs insensibles, semblables aux entrepreneurs d'autrefois. Eux aussi font voile vers l'inconnu. Après les Africains du XVIIe siècle en route pour l'Amérique féodale, avide de main-d'œuvre, ceux d'aujourd'hui voguent vers l'Amérique technologique, obnubilée par les performances des machines qui les supplantent et les immergent dans le même univers esclavagiste d'exploitation éhontée. Évidemment, les chaînes ne sont pas visibles dans l'esclavage moderne, mais elles sont certainement plus solides puisqu'elles attachent l'esprit.

Laurent et Liliane restent près l'un de l'autre. Un profond silence s'abat sur le bateau. Une sorte de frayeur gagne l'ensemble de l'équipage. L'obscurité commence à s'épaissir. L'ombre de la mort semble envelopper l'environnement.

C'est la première fois que ces passagers clandestins font l'expérience de la nuit sur l'océan. Ils étaient certes habitués à vivre chez eux dans le black out, mais cela ne les empêchait pas de se mouvoir. Là, enfermés dans leur prison flottante, ils se sentent vulnérables, à la merci de la furie des eaux et des caprices des marins. Tout à coup, la mer dévoile sa face grimaçante et ses méchantes dents.

Des plaintes montent de la cale, où ils sont empilés comme des sardines. Certains critiquent les conditions déplorables du voyage ; d'autres regrettent de s'y être engagés, même s'ils reconnaissent en même temps n'avoir pas eu d'autre choix. Toutes ces lamentations parviennent aux oreilles du capitaine qui s'empresse d'intervenir avant que la situation ne dégénère. Il en profite pour leur rappeler la conduite à suivre pour éviter des ennuis regrettables. Il leur apprend que la mer est surveillée et que le moindre bruit est capté par les navires patrouilleurs. S'ils sont repérés, ce sera l'emprisonnement, puis le retour à la case « départ », et le malheur pour tous. Patience et résignation sont les meilleures alliées dans ce genre de périple.

Mais les dernières recommandations du capitaine paraissent empreintes d'une petite touche de menace lorsqu'il précise :

— Surtout n'oubliez pas que vous êtes arrivés à un point de non-retour, entre ciel et eau. Les habitants de l'océan ne dédaignent pas la chair humaine, surtout celle des gens prétentieux et hautains.

Il y a beaucoup de vérité dans les avertissements du capitaine, cet homme costaud et bien fait. Cependant, Liliane y décèle une flèche à son endroit. Car, tandis qu'il l'aidait à monter dans le bateau, il a légèrement gratté la paume de sa main en signe d'invitation à faire l'amour. Liliane lui a alors subtilement mais énergiquement signifié son désaccord.

Généralement, dans les situations tragiques, ceux qui sont en charge aiment profiter de leur position pour abuser des femmes. Le capitaine Josaphat, à la longue carrière de passeur, est familier de ce genre d'expérience. Ces femmes, par nécessité, et à cause de l'injustice de la vie, s'aventurent à la recherche d'un mieux-être pour leurs siens. Malheureusement, certaines cèdent trop facilement aux avances de ces profiteurs. Aussi, lorsque ceux-ci en trouvent qui osent résister, ils utilisent le chantage pour masquer leur échec.

Josaphat, confortablement installé dans sa cabine de capitaine, n'ignore pas les désagréments subis par ses passagères dans les cachots étroits de la cale. Elles refuseront difficilement l'honneur et la faveur de passer quelques jours d'une vie princière dans le lit du chef. Cependant, Liliane n'appartient pas à cette catégorie de femmes « en-veux-tu-en-voilà », prédisposées à accepter sans rechigner n'importe quelle avance. Aussi, Josaphat considère son refus altier comme un défi et un affront.

***

Après ce discours d'avertissement, Liliane s'approche discrètement de Laurent, son jeune et mystérieux compagnon, pour compenser sa vulnérabilité. Le jeune homme, devinant son inquiétude, lui glisse à l'oreille :

— Ne soyez pas effrayée, madame, rien de spécial ne se passera.

— Pourquoi dites-vous cela ? lui demande Liliane avec étonnement.

Et comme pour dissimuler sa faiblesse, elle ajoute :

— Qu'avez-vous à l'esprit ?

— Je suis un homme de vingt-huit ans, madame, et je suis diplômé en sociologie.

— Assez, Laurent. Cessez cette litanie de « madame » et appelez-moi Liliane.

Tout heureux de cette ouverture inespérée, Laurent ne se fait pas prier, d'autant qu'il se souvient de son accueil froid sur la plage, quelques heures plus tôt.

— Entendu, Liliane. J'ai également étudié la psychologie. Cela me permet d'interpréter le comportement des gens.

Tout en observant la jeune femme, le jeune psychologue voit en elle une personne distinguée. Sa réserve révèle à ses yeux son goût pour l'indépendance et la contemplation. Or il sait que les méditatifs sont souvent des gens profonds. Leur recul par rapport à la réalité leur permet de mieux la pénétrer. Il s'est donc immédiatement senti attiré par elle au moment où lui-même recherchait la solitude pour oublier ses propres déboires.

En effet, il vient de perdre sa fiancée dans un étrange accident. Et avec sa disparition se sont évanouis tous les rêves caressés ensemble. Leur amour s'était développé et épanoui durant de longues années, et ils s'étaient promis de fonder un foyer sans nuages. Tout leur merveilleux programme s'est vu réduit à néant en un clin d'œil.

Ensuite, peu de temps après, accusé d'activisme politique, il a été forcé d'abandonner sa chaire de sociologie à l'université.

Et le voici sur cette plage, en compagnie de ces gens infortunés, chacun poursuivi par son propre destin.

Il a écrit un mémoire sur les péripéties des boat people dans lequel il propose des solutions pour mettre fin à cette honteuse entreprise et reproche même à ses compatriotes de choisir de fuir au lieu de « rester sur le terrain pour mener la lutte jusqu'à la victoire finale ».

Mais cet après-midi, ironiquement, c'est lui qui se retrouve sur les traces des voyageurs des mers. Il a en face de lui l'océan vivant, avec ses vagues menaçantes. Il semble alors entendre la voix du boat people Laurent interroger le sociologue Laurent.

Ses déclarations romantiques sur la plage étaient plutôt une échappatoire pour éluder l'interrogation faite à la conscience de l'idéologue, brutalement descendu de sa tour d'ivoire. Liliane est devenue pour lui l'instrument de son évasion, une sorte de refuge qui lui sert à recoller les morceaux de son cœur brisé.

De son côté, Liliane n'est pas une femme facile et naïve. Elle a un plan en tête et ne court pas après l'aventure. Elle rêve d'améliorer le sort de sa famille et de créer les conditions favorables pour que sa fille puisse grandir à l'abri de la misère et des frustrations. Naturellement, en tant que femme, se sentant un peu menacée dans ces circonstances, elle choisit de s'appuyer sur cet homme qui lui inspire une certaine confiance par son apparence distinguée.

***

Entre-temps, le bateau a déjà parcouru une certaine distance. Malgré l'obscurité, il vogue assez vite ; les marins connaissent bien la route et sont obligés d'atteindre coûte que coûte la première cachette pour éviter la rencontre désagréable de patrouilleurs qui sillonnent les mers à longueur de journée.

Les passagers, de leur côté, essaient de se reposer sous le poids de la fatigue morale et physique. C'est une véritable gageure. Le sommeil est malaisé dans des conditions aussi inconfortables. Dans un geste anodin, Liliane pose légèrement sa tête sur l'épaule de Laurent, qui naturellement prend plaisir à ce rapprochement. Elle lui souffle alors à l'oreille :

— Mais où sont les autres, Laurent ? Pourquoi ne sont-ils pas ici comme nous ?

Bien que surpris par cette question, il ne tarde pas à lui répondre :

— Le pays est formé de deux catégories de citoyens, lesquelles constituent deux nations distinctes. L'une croit que ses ancêtres sont les Gaulois, et l'autre que ce sont les Africains. Les premiers ont tous les droits et jouissent de privilèges ; les autres, au contraire, sont condamnés à la misère et aux privations durant toute leur existence. La couleur de leur peau et leur origine sont les marques de leur destinée. Ne sois donc pas étonnée de l'absence des autres. Ils appartiennent à l'autre nation. Leur visa n'a pas la même couleur que le nôtre.

Liliane semble intriguée par cette remarque qui l'éclaire sur l'aliénation que subissent les citoyens des pays colonisés, dont l'éducation est malheureusement laissée à la charge des anciens colons.

— Pourtant, descendants de Gaulois et d'Africains, nous avons combattu ensemble pour changer l'ordre des choses, dit-elle.

— Tu as raison. Mais sache que les colons sont des rapaces. Ils ne laissent jamais tomber leur proie une fois qu'elle est prise dans leurs griffes. Ils utilisent la division, les préjugés et l'exclusion pour perpétuer leur domination.

Malgré la profondeur de cette analyse, Liliane, vaincue par la fatigue, propose à son ami de reprendre la conversation le lendemain.

***

Il est environ minuit. La petite embarcation glisse allègrement sur la surface liquide. La lune s'élève lentement à travers un ciel sans nuages. Laurent observe la progression majestueuse de la reine de la nuit. Quel merveilleux phénomène que celui de la pleine lune ! Telle une gigantesque ampoule au fond du ciel, elle offre un magnifique spectacle. Ses pensées s'envolent à travers l'espace infini en quête d'explications sur les merveilles de la nature.

Liliane, elle, sommeille, sa tête légèrement appuyée sur la poitrine de Laurent dont le souffle rafraîchit son visage tendre et angélique. Son imagination la transporte jusque dans son village natal. Son père lui reproche d'avoir pris une décision aussi importante sans lui en avoir parlé d'abord ; sa mère pleure son absence et se demande si elle la reverra un jour ; Rachel, sa fille, semble triste, mais elle se console avec l'espoir de retrouvailles sous les cieux bénis de l'Amérique. Même Mme Joseph, son ancienne voisine, apparaît dans le songe de Liliane.

En s'éveillant, la jeune femme sent une légère brise caresser son visage. En entrouvrant les yeux, elle découvre le superbe spectacle céleste.

— Quelle belle lune ! murmure-t-elle.

Au même moment, Laurent, qui depuis longtemps la dévore des yeux, ajoute tendrement :

— Il manque seulement le miel.

Sa tête se penche lentement vers les lèvres sensuelles de Liliane. Mais elle se dégage brusquement.

— Que faites-vous, Laurent ? Que croyez-vous ? Pour qui me prenez-vous ?

Elle sait bien que tous les hommes guettent la première opportunité pour séduire une femme. Mais le comportement de Laurent la déçoit et atteint son amour-propre parce qu'il ne résulte pas d'un consentement mutuel.

Tout en restant mesurée, elle ne manque pas de lui rappeler les bienséances. Elle l'interroge sur la qualité de ses relations avec ses anciennes étudiantes et signale son hypocrisie lorsqu'il dénonce, dans son mémoire, la situation intolérable des femmes ouvrières, victimes de harcèlement sexuel.

— Vous êtes tous les mêmes, dit Liliane d'une voix sévère. Aucun de vous ne mérite qu'on lui fasse confiance.

Ces reproches ne laissent pas Laurent insensible. Il feint de se repentir et s'excuse humblement. Il en profite même pour lui faire des confidences sur sa vie privée et lui raconte mille anecdotes pour essayer de l'attendrir.

Au fond, il ne s'en veut pas de se conformer à sa nature d'homme, tout comme il pense que Liliane n'a aucune raison de chercher à échapper à sa condition de femme. En tout cas, loin de lui l'idée de se jeter à la mer à cause de ce banal incident. Il est au moins persuadé qu'elle est au courant de ses sentiments.

— Tu as en partie raison, Liliane, répond Laurent timidement. Je reconnais mes torts... Mais qui te dit que je ne t'aime pas sincèrement ?

— Comment pouvez-vous aimer une femme que vous venez à peine de rencontrer ? Comment appelez-vous cet amour ?

À ce moment, Liliane devient pensive. Ses pensées se reportent spontanément sur Léon, le père de sa fille. Elle avait seulement dix-huit ans quand ils se sont rencontrés. Au premier regard, il est tombé amoureux d'elle, puis il l'a rapidement séduite en exploitant sa naïveté et son inexpérience. Le père de Liliane a mis celle-ci à la porte lorsqu'il a constaté sa grossesse. Léon l'a alors prise chez lui, mais il l'a ensuite abandonnée sans autre forme de procès lorsqu'elle lui a demandé de régulariser la situation. C'était la seule façon pour elle de se réconcilier avec sa famille. Mais ses parents ont fini par accepter le fait accompli et accueilli leur petite-fille chez eux. Liliane a alors dû abandonner ses études pour travailler chez Vol Mar. Cette première expérience sentimentale l'a profondément marquée et les remarques de Laurent ont réveillé ce malheureux souvenir.

— Les garçons confondent l'amour et l'accouplement, continue-t-elle. Lorsqu'ils disent à une femme qu'ils l'aiment, c'est la plupart du temps leur apparence qui les attire.

— Mais c'est une première étape, Liliane, l'interrompt Laurent.

— Peut-être, mais, le plus souvent, c'est aussi la dernière. Une fois votre instinct satisfait, vous vous envolez, comme les papillons, vers de nouvelles fleurs. C'est ce que vous voulez faire cette nuit, Laurent. Vous convoitez ma chair, et non mon cœur.

— Non, Liliane, tu vas trop loin. Tu n'as pas le droit de me juger ainsi. Je suis un homme de famille, qui connaît la valeur de la femme. Je me suis certainement mal comporté, mais ne me prends pas pour un voyou, quand même... Je suis sincère lorsque je te déclare mon amour, proteste Laurent, un peu confus.

— Dites ce que vous voulez, continue Liliane sur le même ton magistral. Je maintiens que vous ne pouvez pas aimer et vouloir embrasser une femme que vous rencontrez pour la première fois. Le vrai amour est plus profond, il va à la recherche de la réponse de l'autre. Tant qu'on ne connaît pas l'autre, on ne peut pas prétendre vouloir sa compagnie sur le chemin de la vie... Alors, dites-moi maintenant comment vous m'aimez.

Laurent, impressionné par la pertinence des propos de Liliane, l'observe attentivement. Il maudit en lui-même l'insouciance et la cruauté des dirigeants qui laissent des gens aussi intelligents fuir le pays. Il suffirait de créer des conditions d'existence acceptables pour les y fixer et les faire contribuer à son développement. Il pense à tous ceux qui végètent dans les mornes et les bidonvilles, de véritables génies qui se gaspillent. Plus Liliane parle, plus il est séduit par sa verve. Il ne trouve presque rien à dire pour la contredire. Il se contente de lui demander :

— Où as-tu étudié la philosophie, Liliane ?

— Pourquoi cette question, monsieur le sociologue ? Vous autres, les philosophes, vous pensez que ce sont les livres qui enseignent la philosophie, comme si ceux qui n'ont pas fait de longues études ne pouvaient raisonner ni penser. C'est pourquoi vous les écartez de vos prises de décisions. Alors ne soyez pas déçu, Laurent, d'apprendre que j'ai fait ma philosophie au contact de la réalité quotidienne, de l'expérience des gens. Je n'ai pas lu tous vos gros livres. Ma philosophie est l'expression du bon sens.

**

Le voyage se déroule sans problème. Les patrouilles sont rares en ce week-end de festivités. D'ailleurs, les marins passeurs ne prennent aucun risque, sachant comment contourner les obstacles et déjouer les rencontres inopportunes. Les passagers restent involontairement immobilisés à leur place. Liliane a perdu de vue son amie Carmen, la seule personne qu'elle connaît sur le bateau.

Les femmes souffrent particulièrement des embarras de cette traversée infernale. Depuis trois jours, elles pataugent dans une promiscuité indescriptible. Un petit coin, séparé par un rideau, a été aménagé pour leurs besoins intimes. Souvent, de petites bagarres éclatent entre elles tandis qu'elles patientent en file indienne.

Cependant, l'espoir de la réussite atténue l'effet de ces incommodités. Certains commencent même à annoncer leur prochaine arrivée ; d'autres, plus réalistes, se demandent ce qui se passera s'ils sont surpris et arrêtés par les garde-côtes ; les croyants, eux, s'en remettent tout simplement à la volonté de l'Éternel, dieu des armées, ou à Agoué, le maître de la mer, car, eux-mêmes, ils vont à l'aventure vers une terre inconnue où personne ne les attend. De toute façon, quoi qu'il advienne, ils préfèrent tous végéter ailleurs que dans leur propre pays. Leur patrie, pour l'instant, sera celle qui leur permettra de vivre avec un minimum de dignité.

Liliane et Laurent, de leur côté, s'entretiennent sur des sujets plus sérieux. Elle avoue que les dirigeants sont en partie responsables des malheurs du pays à cause de leur insouciance et de leur incompétence.

— Comment peut-on espérer la prospérité dans un pays miné par tant de préjugés, d'inégalités et d'injustices ?

Elle dénonce également l'irresponsabilité et l'inutilité des élites, qui ne font rien pour soulager les misères matérielles, intellectuelles et spirituelles de la majorité de la population. Son incident avec Marie Joe lui vient alors à l'esprit. Elle se demande pourquoi elle devrait délaisser sa famille et son enfant pour aller chercher ailleurs ce qu'elle devrait pouvoir trouver chez elle.

— Quel beau pays nous aurions, Laurent, si chacun acceptait l'autre comme un partenaire ! Quel merveilleux pays on pourrait construire avec un peuple si industrieux et malléable !

Les idées de Laurent ne sont pas différentes des siennes. Car lui aussi vient de faire l'amère expérience de l'intolérance de ses compatriotes, qui préfèrent sacrifier les valeurs humaines altruistes au profit de leurs intérêts mesquins.

— Liliane, ajoute-t-il, il faut placer tes réflexions sur un plan universel.

Il lui fait remarquer que la société humaine, dominée par la richesse matérielle, la présomption et l'orgueil, est devenue une jungle dans laquelle les petits sont écrasés par les plus forts. Chaque groupe se considère comme le centre du monde et regarde son voisin à travers son propre prisme. Cet égocentrisme provoque une rupture de l'harmonie nécessaire au développement de la solidarité entre les hommes.

— Comme tu le vois, Liliane, ce n'est pas un problème spécifique à notre pays.

— Alors que faut-il espérer dans ces conditions ?

Après une légère réflexion, Laurent répond solennellement :

— Nous allons connaître des lendemains sombres et peut-être sanglants, mon amie.

Liliane secoue nerveusement la tête en soupirant, comme si elle voulait maudire la vie. Elle la prend entre ses mains et, les coudes appuyés sur ses genoux, elle murmure des paroles inaudibles.

— Tout va bien, Liliane ? Qu'est-ce que tu ressens ? lui demande Laurent.

En guise de réponse, elle éclate en sanglots.

— Je me sens coupable, Laurent. Je ne devrais pas laisser ma fille. Elle n'a que dix ans.

— Mais elle vit chez ses grands-parents qui l'aiment. Ne t'inquiète pas, ma chère... Au contraire, commence à te préparer psychologiquement pour affronter la nouvelle vie qui t'attend.

— Merci pour ton réconfort, Laurent. Mais mes parents sont déjà vieux. Ma mère est une femme à la santé fragile. Et puis... et puis, c'est moi la source, leur unique soutien.

— Une fois là-bas, tu trouveras un bon boulot. Tu les soutiendras mieux que si tu restes auprès d'eux, ajoute Laurent.

Il parle ainsi pour sortir son amie de son accès de mélancolie et il en profite aussi pour se défouler lui-même. Car il laisse derrière lui trois cousins et deux sœurs qui comptent sur son soutien financier pour aller à l'école. D'ailleurs, qui sait ce qui va se passer dans les prochaines heures ? Liliane, devinant intuitivement cette incertitude, lui rappelle qu'il ne faut pas mettre la charrue avant les bœufs.

— C'est beau ce que tu dis, Laurent... Mais descends de la lune, mon cher. Regarde autour de nous : c'est l'eau qui nous entoure. Et rien ne dit que nous allons déjouer la vigilance des cerbères étoilés. Ne nous faisons pas d'illusions.

Pendant qu'elle parle ainsi, Liliane sèche les dernières larmes qui coulent sur son visage. Les rayons du soleil couchant ajoutent un éclat supplémentaire à sa beauté naturelle. Alors, apparaissent dans le lointain les silhouettes des buildings disposés comme des remparts lumineux le long des côtes américaines. Envahie par une intense émotion, Liliane invite spontanément Laurent à partager le charme de sa découverte.

— Regarde, Laurent ! La voici, l'Amérique ! Quelle

magnifique vue ! Oh, mon Dieu ! Le simple fait de la voir remplit de bonheur...

Au même moment, une explosion de joie secoue le bateau. Même ceux du fond de la cale exultent, en attendant de pouvoir, eux aussi, jouir directement du spectacle. De toute façon, tout le monde arrivera en même temps.

***

C'est la première fois que les deux cents passagers se rendent vraiment compte qu'ils partagent une destinée commune. La nécessité les force à vivre ensemble pendant quelques jours sans que l'un cherche à connaître l'origine de son voisin ou sa condition antérieure. Chacun fuit sa propre misère et poursuit son fantasme personnel, mais tous empruntent le même itinéraire et sont bien obligés de se sentir activement solidaires devant la même menace.

À présent, l'heure de la séparation arrive. Dans quelques instants, chacun répondra à l'appel de son destin. Certains termineront leur aventure dans le ventre de requins fidèles au rendez-vous ; d'autres se retrouveront dans des cachots ou seront tout simplement refoulés ; les plus chanceux toucheront la terre promise. Le petit bateau, lui, continuera invariablement sa navette entre la rive de la privation et celle de l'abondance.

Laurent et Liliane n'échappent pas à cette finalité. Malgré le petit incident de la pleine lune, ils ont fini par s'apprivoiser. Et même, Liliane ne semble pas dédaigner l'amitié de Laurent et croit même déceler en lui de profonds sentiments.

Encore gagnée par l'euphorie générale, elle reprend :

— Tu ne vois pas, Laurent ? Qu'est-ce que tu en penses ?

— Si, Liliane, je vois ces merveilles de la civilisation technologique. Mais ma contemplation est unique.

— Que veux-tu dire ?

— Liliane, c'est à travers tes yeux et ton visage féerique que je découvre tout cela... Je voudrais que tu sois ma terre promise.

La jeune femme le regarde au fond des yeux pendant quelques secondes, puis le toise d'un air à la fois réprobateur et empreint de la plus pure féminité. Elle ne dit mot.

À cet instant, un son de sirène retentit près des côtes et interrompt brutalement leur conversation. Laurent, encouragé par cette réaction insouciante, s'apprête à continuer sa cour en implorant les faveurs de Vénus. En bon psychologue, il sait que le silence n'est pas nécessairement synonyme d'un refus catégorique, souvent, au contraire, une acceptation tacite. Il considère la réponse gestuelle de son amie comme l'expression du caprice féminin, une sorte de petit détour pour faire courir le mâle.

Mais les circonstances en décident autrement. Le capitaine Josaphat surgit en trombe, et visiblement paniqué, pour expliquer ce qui se passe.

— Mes amis, dit-il, ce n'est pas notre jour de chance. Nous ne pouvons pas aller plus loin ! Nous avons été repérés ! Dans quelques minutes, le bateau devra s'arrêter.

Cette nouvelle suscite un branle-bas général, malgré l'insistance du capitaine qui exhorte tout le monde au calme. Les passagers clandestins se démènent pour échapper à la capture, effrayés par la perspective d'un retour au désert. Certains se jettent à la mer sans réfléchir ; d'autres les suivent instinctivement comme des moutons de Panurge, oubliant qu'ils ne savent pas nager.

— Ô injustice du destin ! crie Laurent avec indignation. Pourquoi doivent-ils se donner tant de mal pour préparer le voyage de leur vie ? Pourquoi doivent-ils dépenser des centaines de dollars pour finir dans les dents infernales de la mer ?

La moitié des passagers de l'embarcation se sont jetés à la mer, et une poignée d'entre eux seulement ont réussi à gagner la côte.

Malheureusement, ils sont vite attrapés par les agents. Une fois ligotés, ils sont transportés dans la grande salle des réfugiés clandestins en attendant que leur soit communiquée la sentence pour viol de l'espace territorial. On leur passe les menottes, à grand renfort d'injures racistes. « Mais d'où viennent ces gens ? » « Que cherchent-ils ici ? » « Pensent-ils que notre pays est une poubelle ? »

Ceux qui sont restés dans le bateau ne connaissent pas un sort plus enviable. Les brimades ne sont que différées. Ceux qui sont entassés au fond de la cale n'ont la vie sauve que parce que leurs jambes engourdies leur ont interdit tout mouvement.

Même Liliane l'a échappé belle, grâce à la vigilance de Laurent qui l'a retenue au moment où elle allait se jeter à la mer.

— Que fais-tu, Liliane ? As-tu perdu la raison ? Il vaut mieux être arrêté que de courir à une mort inéluctable, ma chère. Garde ton sang-froid et attendons la suite.

Toute tremblante, la jeune femme se blottit contre la poitrine de son protecteur qui l'enlace pudiquement. L'étreinte est si forte que chacun perçoit les palpitations de l'autre. Laurent, habité par de nobles sentiments, veille à ne rien dire de choquant et à éviter tout geste inapproprié. Liliane se rend compte qu'elle est une proie que seules la bonne volonté du prédateur et les circonstances viennent d'épargner. Elle a la vie sauve grâce à Laurent. Elle se promet de ne jamais l'oublier.

Chapitre 4

Dans un sursaut de reconnaissance, la tête toujours appuyée sur la poitrine de son ami et les yeux baignés de larmes, Liliane murmure :

— Merci, Laurent. Je sais que je te dois beaucoup. Le destin seul décidera.

— Mais le destin, répond Laurent, c'est...

Il est interrompu par un groupe de policiers qui envahissent le petit bateau.

— Pas un geste ! Suivez nos instructions, ordonne un des agents.

Il indique alors au capitaine Josaphat la direction du débarquement.

Manquant de menottes, les gardes utilisent des cordes en plastique pour attacher les malheureux. Puis, en file indienne, ceux-ci s'engagent sur une sorte de passerelle qui relie le bateau patrouilleur à la grande salle des réfugiés. Personne n'ose dire un mot. Non qu'on le leur interdise, mais tous sont pétrifiés par l'incertitude quant à leur sort.

Le soupir douloureux de Liliane, horrifiée par cette situation humiliante, trouble soudain ce silence absolu.

— Dieu ! lâche-t-elle. Quelle insulte ! Au moins, chez nous, quelle que soit la misère, on ne passe pas les menottes aux gens honnêtes. Regardez... Nous sommes traités comme des voleurs, les mains attachées dans le dos !

— Mais non, Liliane, réplique Laurent. C'est une question

de culture. Ici, dès qu'on arrête quelqu'un, on lui passe les menottes. Il n'y a là rien de dégradant, comme on le pense chez nous. D'ailleurs, c'est une prolongation de ce qui s'est passé il y a cinq siècles, lorsque les négriers débarquaient nos ancêtres sur les côtes du Nouveau Monde. Ils arrivèrent sur les marchés d'esclaves les mains liées par des chaînes. À cette époque, ils avaient besoin de la main-d'œuvre gratuite et productive des Africains. Aujourd'hui, ils nous enchaînent pour nous refouler parce qu'ils n'ont plus besoin de nous.

Pendant qu'il parle ainsi, une voix s'élève dans le groupe :

— Nous sommes condamnés à boire l'eau nauséabonde. Nous n'avons qu'à nous boucher les narines.

Les gardes, impassibles, restent indifférents à ces propos qu'ils ne comprennent pas. D'ailleurs, ils n'éprouvent aucun intérêt pour ce langage « barbare ». Leur unique souci est de drainer ces « parasites » vers leur sentence finale. Ils ont horreur de « ces Nègres qui viennent contaminer leur population ». Ils couleraient le petit bateau s'ils ne craignaient pas la timide réaction de l'opinion publique.

Finalement, tout le monde est rassemblé dans la grande salle d'attente, chacun perdu dans ses réflexions et tétanisé par l'angoisse. Ici se côtoient toutes les régions de l'Amérique, la Floride étant devenue, de par sa position géographique, le carrefour des flux migratoires. Liliane est surprise : ses compatriotes ne sont donc pas les seuls à fuir leur pays. Il doit y avoir une raison à cela. Elle se tourne alors vers Laurent, qui ne la lâche pas d'un pas.

— Que font ici tous ces gens ? lui demande-t-elle.

— Ils sont comme nous, ma chère : ils fuient désespérément la misère dans leur pays natal pour venir augmenter la masse des pauvres dans la société d'abondance.

— Vraiment, interroge-t-elle ? Quelquefois, tu as des raisonnements bizarres ! Comment peut-on être pauvre au pays des étoiles ?

— Comme tu dis, Liliane ! C'est bien dommage que nous ne puissions continuer le chemin ensemble. Mais, un jour, tu te souviendras de mes paroles.

À ce moment, Liliane entend la voix de Carmen dont elle s'est séparée durant la traversée. Elles ont fait le voyage sans pouvoir se rencontrer. C'est Laurent, cet étranger, qui lui a tenu compagnie et qui lui a même sauvé la vie.

En entendant l'appel de son amie, une sorte d'angoisse s'insinue dans le cœur le Liliane. Sa conscience semble lui reprocher de n'avoir pas cherché à la voir. Elle se sent coupable d'indifférence, et même de trahison.

— Vous voyez, Lilie, c'est cela, la vie... Détruire la vie en la cherchant ! s'écrie Carmen d'une voix brisée tandis qu'elle se dirige vers la salle d'enregistrement et d'identification des passagers clandestins. Peut-être nous reverrons-nous un jour, ajoute-t-elle en lui faisant des signes d'adieu.

Liliane commence alors à prendre conscience de sa solitude. Jusqu'à présent, Laurent lui a servi de compagnon d'infortune. Ils ont, durant le voyage, tissé des liens entre eux. Elle peut même le considérer comme son ami tant ils ont de points communs. Mais dans quelques instants, lui aussi va partir suivre son chemin. Alors, elle se retrouvera seule au milieu de cette foule où chacun, à l'étroit dans cette masse, se confine dans son petit univers, ressassant sa propre inquiétude, et fermé à toute idée de solidarité.

Pendant qu'elle réfléchit ainsi, Laurent la touche.

— Réveille-toi, Liliane. À quoi penses-tu ?

— C'est le moment de vérité, Laurent. Dieu seul sait ce qui va arriver dans quelques minutes. Peut-être serai-je déportée vers le pays... ou tout simplement mise en prison. Qui sait ce qui va se passer ?...

— Nous sommes tous dans le même bateau, courant vers l'inconnu, répond Laurent avec gravité. Moi aussi, j'ignore ce qui m'attend. Mais j'ai appris à garder mon sang-froid dans les circonstances difficiles.

— Je suis inquiète, Laurent. Je découvre soudainement que je suis absolument seule. Je me rends même compte, peut-être trop tard, que nous pourrions continuer le chemin ensemble... confesse la jeune femme.

Désemparé par la réaction de son amie, Laurent ne trouve pas tout de suite de réplique. Liliane paraissant vulnérable, ce serait assurément le moment idéal pour s'emparer de cette proie convoitée depuis le début. Mais Laurent considère un autre aspect de la question. À quoi lui servirait de s'embarquer dans cette aventure, en s'embarrassant d'une compagne, alors que sa propre situation semble aussi obscure ? Cette fois, la raison l'emporte sur le cœur. Mais en même temps, il lui importe de trouver les termes appropriés pour ne pas froisser cette femme perspicace et susceptible. Il ne doit pas lui donner l'impression d'être rejetée et risquer de renforcer sa perception négative des hommes. Il va puiser dans ses ressources philosophiques les éléments de sa réponse.

— C'est vrai, Liliane. Comme je te l'ai déjà fait sentir sur le bateau, nous pourrions faire ensemble un merveilleux voyage. Malheureusement, nous ne sommes pas maîtres de notre destin. L'homme propose, Dieu dispose... La vie est un long chemin jalonné de carrefours où des gens différents se rencontrent. Parfois, certains continuent ensemble jusqu'au bout de la route. D'autres, au contraire, se séparent ici et se rejoignent plus loin. Tout est donc ouvert dans la course de la vie, Liliane.

— Tu l'as bien dit. Je m'en souviendrai, Laurent. Plaise au ciel que nous appartenions au deuxième groupe !

**

Il se fait tard. La salle se vide rapidement, les officiers de l'Immigration se hâtant de liquider les cas. Le sort de chacun dépend de la façon dont il répond aux questions. Il y en a qui sont disqualifiés et condamnés à la déportation. Ces gens ne savent rien de rien. Même l'interprète, leur compatriote, peut à peine comprendre leur langage. Les récidivistes se trouvent confrontés à leur ancien dossier. Un petit nombre doit justifier son droit à l'asile politique. D'autres, enfin, sont protégés à leur insu, par des personnalités honorables impliquées dans ce trafic juteux.

Laurent comprend bien la situation. Il sait que le sérieux de cette organisation est factice. Le sort de chaque clandestin dépend de son apparence et de sa capacité à nourrir le système. Car, en réalité, les autorités ont les moyens d'arrêter ce trafic interlope sur son lieu de départ même. Mais elles préfèrent paraître ouvrir grand les portes à la légalité et laisser la fenêtre de la cour entrouverte pour les magouilles.

Liliane n'est pas assez informée pour pénétrer ce secret. Elle ne peut pas non plus se rendre compte qu'elle est une pièce dans cet engrenage complexe où chacun est programmé pour jouer son rôle au moment opportun.

Enfin, son tour arrive. Elle tremble de peur en franchissant la porte de l'inquisition. Son cœur bat à se rompre, d'autant plus qu'elle ignore le sort de ses devanciers. Toutes les questions lui viennent à l'esprit. Et comme si son cerveau commençait à perdre quelques cellules], sa conscience semble céder au subconscient. Tout le fond de son éducation remonte à la surface.

— Jésus, Marie, Joseph, venez à mon secours ! répète-t-elle. Et vous, les invisibles, ou êtes-vous ? Vierge, miracle ! Quelle nouvelle apportez-vous, papa Legba...

— Et vous, madame ? dit l'officier de l'Immigration.

C'est alors la série de questions usuelles. Lorsqu'elle répond qu'elle s'appelle Liliane, un des officiers de service sursaute légèrement. Ce nom semble lui rappeler quelque chose. Il dirige l'interrogatoire de façon à confirmer ses soupçons.

Ce dernier contingent est finalement emmené vers le pavillon approprié. L'incertitude continue à tenailler Liliane. Mais, le lendemain, le geôlier vient dans sa cellule, où sont enfermées une dizaine de femmes. Il demande au numéro 92 de le suivre. Ébranlée par l'émotion, la fatigue et la faim, elle se présente en trébuchant à la porte où l'attend un messager.

Chapitre 5

La voiture de Vol Mar quitte le parking de l'aéroport, s'engage dans une rue secondaire et emprunte le boulevard qui conduit à la résidence du patron. L'air frais annonce l'arrivée prochaine de l'automne. Les feuilles des arbres commencent à jaunir et les nuages tournent déjà au gris.

Ce premier contact émerveille Liliane que l'intensité du trafic préoccupe particulièrement. Des voitures fusent dans toutes les directions sans causer le moindre risque d'accident. Elles circulent tantôt au-dessus, tantôt au-dessous. Tout le monde s'efforce de respecter les règles de circulation. Ce sens collectif de la responsabilité l'impressionne agréablement et l'incite à la réflexion. Elle se sent réellement dans un environnement nouveau, fondamentalement différent de celui auquel elle est habituée. Elle se souvient alors des rues étroites de sa capitale et de l'anarchie qui y règne.

La jeune émigrée aurait aimé avoir un compatriote à ses côtés pour partager quelques commentaires. Le chauffeur de Vol Mar, lui, ne comprendrait rien à son histoire, la barrière linguistique bloquant toute communication. De toute façon, Liliane ne regrette pas vraiment cet inconvénient. Comment renier en un clin d'œil cette terre où, tant bien que mal, elle a passé trente ans de son existence ? Ce serait comme troquer sa pauvre mère contre une riche belle-mère. L'enthousiasme du moment ne devrait pas la conduire à l'ingratitude et à la trahison.

Elle préfère garder ses commentaires pour plus tard. Elle espère que M. Vol Mar lui laissera un peu de temps pour explorer ce beau pays et en apprécier les délices.

En attendant, il y a des choses qu'elle n'a pas encore vues. Notamment le sablier, cet arbre légendaire qui fait oublier aux nouveaux venus leurs amis, et même les proches laissés derrière eux. Elle désire seulement voir cet arbre malveillant, sans s'en approcher naturellement, de peur de subir son influence maléfique. Mais l'arbre aux dollars l'intrigue.

Depuis quinze minutes qu'ils filent sur le boulevard bordé de forêts apparemment illimitées, elle ne voit aucune trace de l'existence de l'arbre-trésor. Mais elle ne s'en soucie pas vraiment, elle a tout le temps de découvrir ces merveilles. Pour l'instant, elle se considère comme chanceuse comparativement à ses compagnons du voyage qui, peut-être, font face aux pires calamités.

Pendant qu'elle s'abandonne ainsi à ce monologue, le sommeil a raison d'elle. Elle ne se réveille que lorsque la voiture s'arrête et que le conducteur lui annonce qu'elle est arrivée à destination.

Liliane descend alors de la voiture, non sans une certaine gêne, n'ayant qu'une petite valise comme bagage. De son côté, le chauffeur la regarde avec une discrète compassion, car il est au courant des déboires de ces malheureux boat people, déposés ici comme des épaves de l'océan.

— Merci, monsieur, dit-elle d'une voix douce et empreinte de reconnaissance.

Dès qu'elle entend le signal du messager, Mme Vol Mar s'empresse de les accueillir et indique à l'étrangère la salle d'attente.

Luttant contre le sommeil et la faim, Liliane reste seule pendant une trentaine de minutes, inquiète telle une élève attendant son test d'admission.

***

Émilie est une Européenne de cinquante ans, aristocrate et parfaite mondaine. Au cours d'un de ses voyages touristiques en Amérique, elle a rencontré Vol Mar qui travaillait dans un des hôtels luxueux de Floride. Il est tout de suite tombé amoureux d'elle et n'a pas tardé à l'épouser.

Grâce à ses relations dans le monde des affaires, Vol Mar s'est engagé dans l'activité des transferts d'argent vers les pays de la Caraïbe. Cet environnement lui permet d'être facilement en contact avec le cartel des passeurs clandestins à destination de Miami. À cause de ses nouvelles obligations, il a décidé de résider en permanence en Floride pour s'occuper de son foyer et pour être au plus près des milieux d'affaires véreux. Connaissant la loyauté de Liliane, il l'a fait venir pour s'occuper de sa villa.

Mme Vol Mar apparaît et amorce la prise de contact.

— C'est Liliane, n'est-ce pas ?

— Oui, madame, répond la jeune femme avec un sourire aimable. Cela fait longtemps que je désire vous rejoindre. M. Vol Mar était un bon patron pour moi dans mon pays.

— Hum ! Hum ! Je viens justement de prévenir votre patron de votre arrivée, reprend Mme Vol Mar sur un ton moqueur.

Liliane la regarde avec un air de satisfaction.

— En tout cas, continue Émilie, c'est moi la patronne, ici. Je décide de tout dans cette maison.

— Je comprends, madame, répond Liliane.

— Comment ça, vous comprenez ? s'écrie Mme Vol Mar. Qu'est-ce que vous avez déjà compris ? Je n'ai même pas fini de parler !

— Eh bien, madame, je veux dire que le message a été compris. Y a-t-il quelque chose de mal à cela ?

Liliane est déroutée par l'accueil hostile de cette femme hautaine et autoritaire. Elle pense immédiatement à l'incident du vase brisé.

Pendant qu'elle réfléchit, Mme Vol Mar, comme si elle devinait ses pensées, lui demande :

— Comment va Marie Joe ? Lui avez-vous au moins proposé un remplaçant avant votre départ ?

Cette fois-ci, Liliane baisse la tête sans répondre.

— Vous avez avalé votre langue ? Eh bien, tant mieux ! Dans cette maison, il n'y aura pas de discussions entre nous. Tenez-le-vous pour dit à partir de maintenant.

— Oui, madame. J'en prends bonne note.

Le comportement de la femme ne laisse aucun doute dans son esprit. Marie Joe lui a tout raconté, et peut-être même exagéré les faits pour se venger.

En effet, ne voyant pas Liliane venir travailler pendant deux jours, Marie Joe a vite mis son oncle au courant de l'incident, sans même savoir que Liliane a embarqué pour Miami.

Émilie s'est alors mise à imaginer le profil de sa nouvelle servante, qu'elle a résolu de remettre à sa place dès le départ. Liliane doit savoir qu'aucune familiarité ne sera tolérée entre elle et son mari. D'ailleurs, en dépit du rapport fait par Marie Joe, la prestance de cette femme provoque déjà en elle une certaine inquiétude, voire de la suspicion. « Qui sait le genre de rapport qui existe entre mon mari et cette servante élégante et apparemment éduquée ? se demande Mme Vol Mar, qui connaît bien la faiblesse des hommes dans ce domaine.

***

Le lendemain matin, Liliane est réveillée par la voix de M. Vol Mar qui l'enjoint à venir au salon. Dès qu'elle l'aperçoit, elle se dirige lentement vers lui, suivie du regard par sa patronne qui, assise dans le canapé à côté de son mari, l'observe longuement de la tête aux pieds. S'arrêtant à une certaine distance, Liliane le salue.

— Enfin, vous êtes arrivée ! répond sèchement le patron. Vous êtes toujours la même, vous n'avez pas changé !

— Oui, c'est ce jour que le destin a choisi pour ma venue, dit Liliane en réponse à la première partie de ses commentaires.

— Savez-vous combien j'ai dépensé pour ce voyage ?

Liliane secoue la tête.

— Je sais... je sais que vous avez beaucoup dépensé pour moi. Mais votre générosité sera récompensée.

À cet instant, comme pour empêcher la conversation de prendre un tour trop familier, Mme Vol Mar intervient :

— Heureusement que vous avez compris, ma chère. Eh bien, votre travail commence aujourd'hui même. Je vais vous montrer ce que vous aurez à faire. Ici, dans ce pays, il n'y a pas de temps à perdre. Et puis n'oubliez pas qu'on vous a fait venir pour travailler.

Elle la promène à travers toutes les pièces de la maison, en commençant par l'étage supérieur, lui donnant à chaque fois des instructions sur la nature de ses tâches. Liliane n'est pas autorisée à pénétrer dans la chambre de sa patronne en son absence. Elle doit accorder la plus grande attention à la propreté du salon situé à l'étage inférieur, où sont reçus les invités de marque. En dernier lieu, Émilie l'emmène au sous-sol pour lui remettre le matériel de nettoyage. Elle lui signale les horaires du service d'hygiène pour le ramassage des ordures. Liliane devra veiller à ce que les gazons soient bien entretenus, et les arbres décoratifs émondés régulièrement. Quant au chien, elle reçoit des consignes précises quant à son traitement ; elle doit s'assurer de sa toilette quotidienne, avant sa sortie matinale avec sa maîtresse et au retour de celle-ci le soir.

Liliane écoute attentivement les recommandations d'Émilie et lui affirme qu'elle saura répondre à ses attentes.

Après cette exploration générale des lieux, les deux femmes retournent au salon où Vol Mar les attend.

— Vous avez compris votre job, demande-t-il à Liliane ?

— Oui, monsieur, répond-elle sans grand enthousiasme.

Mme Vol Mar ajoute :

— Ah ! J'allais oublier ! Pas de contacts avec l'extérieur. Vous serez tenue pour responsable de tous les incidents regrettables dus à votre négligence ou à votre indiscrétion.

Liliane hoche la tête pour signifier qu'elle a compris.

Vol Mar la conduit alors à une dépendance située au fond de la cour. Ce hangar ressemble à une petite étable, habitée par des rats et d'autres vermines indésirables. Une odeur de moisissure en sort dès qu'on ouvre la porte. Quelques rongeurs, surpris par cette brusque et inhabituelle intervention humaine, s'empressent de vider les lieux, laissant derrière eux l'odeur nauséabonde de leurs excréments desséchés sur le plancher. Cette petite pièce fera office à la fois de salon, de salle à manger, de cuisine et de cabinet de toilette. Liliane n'a d'autre choix que de se résigner à sa nouvelle situation.

La maison des Vol Mar lui apparaît soudain comme une véritable prison. En outre, elle se sent une étrangère dans ce pays où l'on ne voit personne dans les rues, excepté à travers les vitres des voitures. L'usage du téléphone lui est interdit. Émilie s'est même assurée que Liliane ne possédait pas de portable. Se doutant que ces conditions ne plairont pas à sa servante, elle anticipe toutes ses actions futures. Elle prend ainsi toutes les dispositions pour l'empêcher de s'évader de ce camp de concentration.

Car Liliane doit travailler pour rembourser le plus rapidement possible les frais du voyage, puis continuer à troquer son énergie contre le salaire qu'on lui octroie. Comme tous les immigrés clandestins, Liliane a désormais les mains liées. Elle va devoir se soumettre aux caprices de ses patrons et accepter de vivre son statut de domestique. Mais les Vol Mar savent aussi que certains sans-papiers, malgré leur vulnérabilité et leur isolement, réussissent à tromper la vigilance de leurs employeurs. C'est pourquoi, dès le départ, ils ont tout mis en place pour ne pas avoir à faire cette fâcheuse expérience.

Assise sur une chaise délabrée dans son modeste appartement, Liliane réfléchit sur la vie difficile qui l'attend. Mme Vol Mar l'appelle de la cuisine.

— Voici, lui dit-elle. Ce n'est pas de la nourriture fraîche. Ici, on ne fait pas la cuisine tous les jours.

— Je suis au courant, madame.

— Eh bien, vous savez tout, Liliane !

Émilie lui remet ensuite de quoi nettoyer et entretenir son chez-elle — balai, désodorisant, papier hygiénique...

Pendant tout l'après-midi, Liliane s'emploie à arranger cet espace de façon à le rendre habitable. Elle se souvient de la petite maison paysanne de ses parents, toujours bien entretenue malgré son sol en terre battue. Sa mère utilisait un balai de fortune fait d'un assemblage d'herbes résistantes. Elle s'en servait aussi pour nettoyer le gazon sauvage qui couvrait la partie frontale de la cour. Au moins, chez Mme Vol Mar, elle dispose d'un équipement adéquat qui facilite le travail. Le soir venu, le petit appartement semble plus attrayant.

Liliane s'apprête alors à se coucher car elle n'a pas dormi depuis une semaine. Elle s'étend de tout son long sur son petit lit. Mais le sommeil tarde à venir, la fatigue du corps ne réussissant pas à chasser les pensées.

Comme tous ses compatriotes d'infortune, Liliane a toujours rêvé d'émigrer aux États-Unis, le pays de toutes les opportunités. Elle compte beaucoup sur ce changement pour améliorer les conditions de vie de sa famille et surtout pour assurer l'avenir de sa fille. Le premier contact avec ce vaste et beau pays l'a d'abord enchantée et a nourri son espérance. Mais quelques heures seulement après son arrivée, elle se sent moins enthousiaste. Hélas, elle réalise que la vie n'accorde pas ses faveurs à tout le monde avec le même empressement et la même générosité. Malgré tout, se dit-elle, mieux vaut être ici que dans la rue ou ailleurs. Au moins, cloîtrée dans l'enceinte de cette citadelle, elle échappe au filet de l'Immigration. Elle n'a donc aucune raison de se plaindre en comparant sa situation avec celle de ses malheureux compagnons de voyage. Les dernières paroles de son amie Carmen lui reviennent à l'esprit : En cherchant la vie, on la détruit. » Elle pense aussi à Laurent, son ami sociologue : « Qu'est-ce qu'il a pu devenir ? Comment s'en est-il tiré ? » se demande-t-elle. Mais elle se reprend aussitôt : « Non, il ne faut pas trop agacer le destin. Il faut avaler la pilule, même si elle est amère. »

C'est avec résignation et sérénité que Liliane va aborder son septième jour, loin de son pays et des siens. À présent, elle doit se mettre au travail pour honorer ses obligations et affronter sa nouvelle réalité.

Chapitre 6

Liliane entame donc un nouveau voyage. Il lui faut se serrer la ceinture pour traverser le désert.

Le lendemain, pour son premier jour de travail, elle reçoit de sa patronne de nouvelles directives sur la façon de traiter Lover, le chien de la maison, qui est un membre à part entière de la famille.

Émilie a reçu cet animal en cadeau de la part de son mari à l'occasion de leur anniversaire de mariage. Il remplace cet enfant que la nature ne leur a pas offert malgré leur fortune. Lover, devenu le compagnon privilégié d'Émilie Vol Mar, l'accompagne dans tous ses déplacements. Elle se plaît à vanter devant ses amies les qualités exceptionnelles de son chien, inventant sur son compte les anecdotes les plus saugrenues, leur laissant entendre, entre autres, que ce chien bien-aimé réagit presque humainement à certaines scènes de films à la télévision. Ces fadaises provoquent des éclats de rire enthousiastes chez ces femmes superficielles, et les baisers dont elles couvrent Lover pourraient exciter la jalousie de leurs maris.

— Chaque jour, avant toute chose, faites la toilette de Lover. Je vais vous montrer comment procéder. Vous avez une heure pour effectuer ce travail. Surtout, veillez à ne pas le faire souffrir. Lover est un animal... je veux dire, un être délicat qui mérite du respect et la plus grande tendresse.

— Oui, madame, je suivrai à la lettre vos instructions. Lover recevra les soins dignes d'un fils de patron, assure Liliane avec un petit sourire narquois.

Comme tous les gens de ce pays, Émilie Vol Mar voue une affection réelle à son chien. Mais ce matin-là, l'expression de sa considération envers l'animal a valeur de symbole. Elle envoie ainsi un message à Liliane pour lui faire sentir que les gens de sa condition ne valent pas mieux qu'un chien. Elle la remet ainsi à sa place une fois pour toutes. L'humiliation est une arme efficace pour dominer un subalterne ; elle le force à se sentir inférieur pour accepter sa situation. Ainsi, à force de servir le chien et de se soumettre à ses caprices, la servante finira par se résigner et accepter son sort.

Heureusement, Liliane ne se laisse pas prendre au piège. Au contraire, loin de se montrer humiliée, elle affiche un sang-froid provocateur qui déstabilise sa patronne et l'incite à réagir avec nervosité.

— Qu'y a-t-il de comique dans mes instructions, Liliane ? interroge-t-elle en levant la voix. Ce n'est pas étonnant... Vous ne pouvez pas comprendre que ce chien puisse jouir d'une telle affection. Les chiens, chez vous, sont à l'image de leurs maîtres.

— C'est ma nature d'être joviale, madame. Et puis, je n'ai jamais dit que Lover n'était pas supérieur à certains êtres humains, ni qu'il ressemblait à ses maîtres.

Mme Vol Mar, ignorant cette réplique, se contente de rappeler à Liliane que la toilette du chien doit se terminer dans une heure. Le médecin vétérinaire devra le trouver prêt pour son examen médical. Émilie part ensuite rejoindre sa chambre, non sans avoir embrassé Lover.

Le travail n'effraie pas Liliane, habituée au dur labeur dans son pays. C'est d'ailleurs ce qui a essentiellement motivé son patron dans sa décision de l'engager. Seulement, elle s'inquiète de la menace qui pèse sur sa liberté et redoute les pressions continuelles de son insensible et dédaigneuse patronne. Malgré tout, elle ne désespère pas, comptant sur son salaire pour compenser ces soucis. Elle commence même à exulter en pensant qu'une heure de travail ici équivaut à un mois dans son pays.

Durant cette première journée, Liliane réussit à accomplir toutes ses tâches : la toilette de Lover, l'entretien de la maison, le nettoyage de la cour, le ramassage et la mise en sac des ordures. Entre-temps, Émilie Vol Mar, cachée dans sa chambre, la surveille à son insu. Liliane ne rechigne pas au travail, mobilisant toute son énergie pour atteindre son but et ne s'attendant à aucune considération spéciale.

***

Après cette journée éprouvante, étendue sur son petit lit, Liliane passe une bonne partie de la nuit à méditer sur la sottise de certaines gens. « Ils préfèrent embrasser un chien au lieu de toucher la main de leurs semblables, se dit-elle. Un chien peut même partager leur lit et jouir d'autres privilèges, mais certains êtres humains n'ont pas l'honneur de pouvoir s'asseoir sur les chaises du salon. ». Elle se rend donc à l'évidence que certains animaux ont plus de valeur que des humains.

Elle pense alors à ces enfants des rues dans son pays, obligés de rôder autour des restaurants en quête de leur subsistance quotidienne. Le soir, les places publiques se convertissent en dortoirs collectifs où ils se reposent des humiliations et des tracasseries de la journée. Elle se représente ces émigrés paysans, véritables laboureurs de la rue, qui doivent effectuer les besognes les plus ingrates. Il lui vient même à l'esprit l'image de ce petit de trois ans partageant sa nourriture avec un de ces porcs errants qui infestent les quartiers défavorisés. Que dirait Lover (dans son langage de chien), se demande Liliane, s'il devait assister à ce tragique spectacle ? Lui qui dispose d'une servante pour le nettoyer et d'un logis bien à lui, à l'abri des intempéries. Que seraient ses impressions de chien « touriste » en face de ces humains qui pataugent dans la boue et cohabitent avec la vermine ? Certainement se réjouirait-il et bénirait-il son dieu de l'avoir fait chien, avec une place d'honneur dans les salons aristocratiques.

Liliane pense aussi à son père et à sa vieille mère, ces braves gens qui ont sacrifié leur vie pour l'éduquer. Elle aimerait au moins leur faire sentir le parfum de la vie. Quel est donc le sens de la vie si on doit la traverser sans jamais la voir ? Elle voit défiler les masses paysannes qui ont encadré sa petite enfance, ces gens courageux et industrieux, ces héros anonymes. À force de travailler dans des conditions pénibles et pitoyables, ils ont fini par dépérir, vieillissant avant même d'être jeunes. Le visage buriné par la misère et les privations, ils sont à l'image de la terre qu'ils labourent, érodés par le temps.

Et sa fille ? Va-t-elle emprunter, comme elle, cet égout obscur et puant de la vie où se sont engouffrés la majorité de ses compatriotes ? Ou bien cherchera-t-elle à s'échapper par quelque sortie de fortune pour entreprendre, elle aussi, comme sa mère, ce voyage de rêve vers le pays mythique ?

Son cerveau est en ébullition, comme un volcan prêt à entrer en éruption. Liliane désire chasser ces images cauchemardesques, comparables à celles qu'enfantent les rêves. Mais au cours d'un songe, confronté à des émotions trop fortes, on se réveille instinctivement pour se relaxer. Dans son cas, elle ne dort ni ne rêve. Elle est tout à fait consciente. Elle entend le « chui... chui » des rats qui courent çà et là à travers la pièce mal éclairée, comme s'ils voulaient protester contre la violation brutale et l'occupation injuste de leur demeure. Elle respire aussi l'odeur de moisissure des planches rongées par les termites, après être restées trop longtemps au contact de la poussière et de l'humidité. Ses yeux sont donc bien ouverts, fixant le plafond tapissé de restes de fil d'araignée qui lui rappellent que le nettoyage de son logis n'est pas achevé.

Elle est donc bien éveillée. À défaut d'une échappatoire qu'elle trouverait dans un songe, elle pousse un soupir profond et lugubre, semblable au cri du pélican obligé de s'offrir en pâture à ses enfants affamés après sa chasse infructueuse au-dessus de l'océan.

— Oh, bon Dieu, Papa ! Quelle est la raison d'être de certaines personnes ? Est-ce vrai que nous avons tous été créés à votre image ? Est-il nécessaire pour certains de vivre dans la misère ici-bas afin d'avoir droit au bonheur éternel ? Pourquoi un chien devrait-il vivre mieux qu'un être humain ?

Ces questions et beaucoup d'autres inondent son esprit agité, érodent sa conscience chancelante et s'infiltrent jusqu'au plus profond de son subconscient. Car les réponses ne peuvent pas arriver aussitôt. Finalement, cédant sous la pression du sommeil, Liliane s'endort lentement, laissant derrière elle cette journée qui marque le début d'un voyage au déroulement imprévisible.

***

Les jours s'écoulent invariablement, sans incident. D'ailleurs, ce travail ne nécessite aucune préparation particulière. Tant que Liliane reste en bonne santé et que Lover est bien traité, elle n'a pas à s'inquiéter. Cependant, son plus grand chagrin vient de la solitude et de l'isolement auxquels elle est soumise. Elle vit comme dans une prison où tout contact avec l'extérieur lui est interdit. Aussi, une foule d'idées fantaisistes alimentent son imagination. Tous ses outils de travail se transforment en interlocuteurs qu'elle s'ingénie à animer. Elle entretient avec eux un dialogue à sens unique puisque, en réalité, c'est Liliane qui parle à Liliane.

Elle prête des réflexions à ces objets inanimés comme à des personnes réelles. Le salon s'enorgueillit d'être plus sociable que les autres pièces de la maison ; sa voisine, la salle à manger, méprise la cuisine à cause de son manque de confort, et surtout de son contact continuel avec les détritus qui attirent la vermine ; la chambre à coucher revendique son rôle de dépositaire de l'intimité de la maison ; les toilettes, de leur côté, soutiennent que personne ne saurait se passer de leurs services et prétendent même pouvoir mettre les patrons à genoux dans certaines circonstances – elles décident qu'en matière de privilèges, elles arrivent indiscutablement en tête ; les poubelles, quant à elles, se lamentent d'être le réceptacle de toutes les ordures de la maison et de ne bénéficier, malgré tout, d'aucune considération.

Parmi tous ses nouveaux compagnons, seul Lover peut répondre un peu à ses messages — naturellement, dans les limites de son intelligence canine. Car, quoi que dise sa maman Émilie au sujet de ses performances, japper n'est pas parler.

Ce monologue continuel aide la jeune femme à affronter cet environnement monastique et l'empêche de sombrer dans la dépression. La maison des Vol Mar lui apparaît comme le vestibule de cette société civilisée dont on vante tant les merveilles. En un court laps de temps, elle apprend par elle-même, dans l'enceinte de ce petit château, ce que les meilleurs ouvrages de sociologie n'arriveraient peut-être pas à lui inculquer.

Le début de son aventure lui enseigne surtout que les mythes reposent sur l'ignorance de la réalité.

Voilà presque un mois qu'elle a quitté son pays, ses amis et ses parents. Personne ne peut imaginer ses soucis et ses difficultés. Elle n'a même pas de moyen pour communiquer avec eux. Peut-être commencent-ils déjà à l'accuser d'indifférence...

Son expérience lui fait comprendre que « l'arbre sablier » et « l'arbre aux dollars » ne sont que des mythes. Il ne faut pas s'empresser d'incriminer les autres tant qu'on ne connaît pas la réalité qu'ils vivent.

***

Depuis quatre semaines que Liliane est installée chez les Vol Mar, sa patronne n'a rien à lui reprocher puisqu'elle exécute minutieusement toutes ses tâches. Mais elle ne reçoit pas de compliments pour autant. Les patrons, en général, n'aiment pas féliciter leurs serviteurs. Ils craignent de réveiller ainsi leur amour-propre et que la prise de conscience de leur importance ne les encourage à revendiquer leurs droits.

Liliane ne l'ignore pas, pour l'avoir expérimenté à travers la culture paysanne dont elle est imprégnée. Les anciens répètent toujours que les compliments gâtent les enfants. Cette philosophie, héritée du Moyen Âge et transmise par l'esclavage, a même conquis le système scolaire de son pays. Le maître seul détient la clef du savoir, condamnant l'élève à une attitude d'attentisme. Cette éducation détruit chez lui tout esprit d'initiative et l'empêche d'affirmer ses possibilités réelles.

Ainsi Liliane ne s'attend-elle pas à recevoir des récompenses pour son efficacité. Mais elle n'a pas non plus bravé la mer pour venir gaspiller son temps chez les Vol Mar qui, jusqu'à présent, n'ont pas évoqué son salaire.

Malgré tout, elle ne s'inquiète pas, sachant qu'à la fin du mois elle recevra son magot, une vraie petite fortune par rapport à ce qu'elle gagnait au pays. Elle se permet même d'envisager un budget à partir des vagues données dont elle dispose sur les conditions de travail en Amérique. Naturellement, en raison de son statut, elle n'espère pas le salaire minimum régulier des résidents légaux. Un dollar par heure ferait l'affaire en attendant que sa situation soit régularisée. Car elle espère obtenir un jour la carte verte grâce à la générosité de ses patrons. Comme elle travaille cent douze heures par semaine, elle estime que le mois va lui rapporter quatre cent cinquante dollars, ce qui représente pour elle une somme colossale.

Un matin, particulièrement motivée, elle s'apprête à enlever les feuilles jaunies qui s'étalent sur le gazon. Son râteau est devenu plus léger que jamais, comme si l'instrument aratoire voulait partager les projets de son opératrice. À l'instar de la laitière de la fable, la servante des Vol Mar prend son envol vers la cité céleste. Elle se félicite de pouvoir si tôt tenir ses promesses envers ceux laissés derrière elle. La liste des bénéficiaires est complète. Même Mme Joseph y figure. Elle ne saurait d'ailleurs oublier cette voisine fidèle, sa messagère, l'unique témoin de son départ précipité. Elle pense à Carmen, sa compagne, celle qui lui a annoncé la nouvelle du voyage, le soir de sa mésaventure avec Marie Joe. « Pauvre diable ! se dit-elle. Où peut-elle se trouver en ce moment ? Est-elle retenue en prison ? A-t-elle tout simplement été refoulée vers son pays ? » Laurent, lui aussi, revient à son esprit, cet homme élégant et spirituel dont elle garde un agréable souvenir.

Absorbée par ces lumineuses pensées, elle rassemble allègrement les feuilles, par petits tas pour faciliter leur mise en sac. M. Vol Mar ouvre alors la porte et se dirige vers sa voiture. Liliane le salue respectueusement, tout en restant à distance pour ne pas agacer son épouse au tempérament intempestif et soupçonneux. Avant de démarrer, il baisse la vitre et lui fait signe de s'approcher :

— Vous êtes du Sud-Est ? lui demande-t-il.

Liliane hoche la tête avec un certain enthousiasme, espérant qu'elle va recevoir des nouvelles de sa famille. Une intense émotion, soutenue par une légitime curiosité, l'envahit. Elle tend l'oreille pour bien écouter.

— Je crois qu'un violent ouragan a frappé sévèrement cette zone, continue Vol Mar. Les informateurs annoncent un bilan tragique. Les rares rescapés se trouvent dans un état déplorable.

Appuyée sur son râteau, Liliane, interloquée, se contente de le regarder. À ce moment arrive Émilie, qui l'interpelle :

— Que se passe-t-il ? Que faites-vous ici, Liliane ?

Son mari s'empresse de lui expliquer qu'il ne fait que l'informer de la catastrophe qui vient de frapper son pays.

— Eh bien ! Elle a de la chance : grâce à nous, elle l'a échappé belle !

— Mais, Émilie, elle a ses parents là-bas ! C'est un être humain ! reprend Vol Mar, un peu contrarié par le cynisme et l'insensibilité de sa femme.

— Ah ! À présent, c'est ainsi que vous me parlez devant notre servante, réplique-t-elle d'une voix ferme.

— Émilie, de grâce... continue le mari sur un ton calme.

La réaction brutale de sa patronne surprend profondément Liliane, qui se fait désormais une idée définitive sur l'emprise indéniable qu'exerce ce personnage excentrique sur son mari. Un soudain désarroi gagne tout son être et provoque une grande torpeur qui immobilise tous ses membres. Elle ne peut que suivre des yeux la voiture qui s'éloigne vers la sortie. À ce moment, le regard de Lover, à travers la vitre arrière, attire son attention. Le chien semble avoir flairé la douleur sur le visage de Liliane, qui interprète son aboiement lugubre comme un hymne de consolation.

***

Elle reste longtemps dans cette position, pétrifiée telle la femme de Loth, transformée, selon la Bible, en statue de sel. Elle se remémore la typologie de son village, coincé entre deux mornes et traversé par une grande rivière. Durant les saisons pluvieuses, il se produit souvent des éboulements qui causent d'importants dégâts matériels, rarement accompagnés de pertes de vies humaines.

Cependant, elle pense qu'une catastrophe de cette ampleur était prévisible. La responsabilité en incombe d'abord aux paysans eux-mêmes, qui coupent aveuglément les arbres sans songer à les remplacer. Ensuite, les autorités administratives se préoccupent peu de leur encadrement, préférant se confiner dans leur confort dans la capitale, qu'ils transforment en une petite république. Ils s'intéressent au monde rural seulement dans ces circonstances tragiques. Ils en profitent alors pour s'enrichir davantage à travers les dons octroyés par les organisations caritatives. Les dégâts auraient pu être limités si les dirigeants avaient conçu un plan global d'aménagement du territoire et sensibilisé les paysans à la protection de l'environnement.

Liliane réfléchit à tout cela pendant qu'elle se préoccupe du sort de sa famille. Leur habitation se situe dans un espace à risques, et l'invalidité de ses vieux parents augmente son inquiétude. Ils ne peuvent pas, évidemment, lutter contre les inondations. En outre, son cœur se serre en imaginant le corps inerte de sa fille, confondu avec tous les détritus que la rivière en furie aura raflés sur son passage.

— Pauvre enfant ! crie-t-elle.

N'en pouvant plus, elle éclate en sanglots. Inconsolable, elle se lamente alors sur son impuissance à voler au secours de ses malheureux parents et se questionne même sur le sens de son voyage. Prisonnière dans cette maison, elle ne dispose d'aucun moyen pour avoir des informations rassurantes. Elle n'espère même plus compter sur la bienveillance de son patron qui n'osera plus braver sa femme insensible et méchante. Tant bien que mal, elle reprend son travail, sans enthousiasme, torturée par l'inquiétude et le dégoût.

Chapitre 7

Deux jours après l'incident, Liliane décide de discuter avec ses patrons au sujet de son salaire.

— Que voulez-vous, Liliane ? s'irrite Émilie en la voyant arriver au salon. Vous avez fini la toilette de Lover ?

— Non, madame, ce n'est pas le jour du vétérinaire.

— Mais qu'est-ce que vous racontez ? Lover a ses habitudes. Vous n'allez pas les changer à votre guise ! D'ailleurs, que faites-vous ici à cette heure ?

— Eh bien, madame, je travaille ici depuis un mois, et vous ne m'avez toujours rien dit au sujet de mon salaire.

— Hum... Votre salaire ? En voilà, une idée ! Mais de quel salaire s'agit-il ?

Surprise par cette question insolite, Liliane ne répond pas. Quant à Vol Mar, il prend un livre qui se trouvait sur la table du salon et en reprend la lecture. Il en est précisément au chapitre « Comment faire un esclave », dans lequel Willie Lynch expose les principes fondamentaux à appliquer pour réduire et maintenir les Noirs en esclavage. Vol Mar n'y accorde pas un réel intérêt ; il veut simplement échapper à la conversation, n'osant appuyer directement la réaction intempestive de sa femme ni acculer sa servante.

Malgré le cynisme de sa patronne, Liliane s'efforce d'éviter la confrontation, se souvenant de sa mésaventure avec Marie Joe. Elle avait alors pris une décision certes courageuse, mais risquée. D'ailleurs, tant qu'elle était dans son pays et libre de ses mouvements, elle pouvait se débrouiller tant bien que mal. Mais ici, chez les Vol Mar, son statut de sans-papiers ne lui laisse aucun choix, pas même celui d'insister trop longtemps sur ses droits.

Debout au milieu du salon, Liliane reste immobile. Émilie la dévisage d'un air sévère, et même menaçant. Brusquement, le téléphone sonne dans la chambre. Pendant que Vol Mar va prendre l'appel, Liliane, d'une voix calme, essaie d'attendrir Émilie :

— Mais, madame...

— Madame, quoi ? Vous n'avez pas compris ? Vous ne recevrez rien tant que vous n'aurez pas payé toutes vos dettes. Que pensiez-vous entendre d'autre ? Allez-vous-en, maintenant.

Liliane se détourne et, alors qu'elle va franchir la porte du salon, Émilie lui lance une dernière flèche :

— Vous êtes une engagée, ma fille... Savez-vous au moins ce que cela veut dire ?

Liliane la regarde un moment, puis sort sans répliquer. Elle reprend son travail sans maugréer, s'efforçant de s'accommoder de sa tragique situation et déterminée à remplir son contrat jusqu'au bout tandis qu'elle travaille intelligemment à briser ses chaînes.

Elle réfléchit pendant longtemps aux dernières remarques de sa patronne. Elle est certes au courant du rôle joué par l'engagé dans la société pré-esclavagiste en tant que moteur de la société coloniale. Il travaille pour son maître pendant sept ans, avant de devenir réellement libre. Mais elle ne conçoit pas l'existence de ce système dans une société démocratique basée sur les droits de l'homme. Elle n'ignore certes pas les débours de ses patrons pour organiser son voyage, et même les risques encourus. Elle envisage un remboursement à long terme qui lui permettrait de répondre à ses obligations personnelles courantes grâce au reliquat de son salaire. La perversité et la cupidité d'Émilie la répugnent autant que le désespoir la tenaille. Car elle n'entrevoit pour le moment aucune issue.

***

Le temps s'écoule comme d'habitude. Liliane, coupée du monde extérieur, ne voit de gens qu'à l'occasion de réunions professionnelles organisées chez ses patrons. Comme elle est chargée des réceptions, certains invités la regardent avec une certaine convoitise. Une telle attention contrarie un peu sa patronne, qui craint que l'amour-propre de sa servante ne se réveille. Toutefois, elle ne s'inquiète pas outre mesure, sachant que Liliane n'aura pas d'autre occasion de communiquer avec ce beau monde, une fois les réunions terminées.

Liliane s'intéresse beaucoup aux débats. Les invités parlent sans réserve et ne se doutent pas que cette femme peut comprendre leur conversation. Ils abordent tous les sujets, notamment celui de l'immigration. Ils reconnaissent l'importance du rôle des immigrés, et même sa nécessité, dans le système, et réprouvent les partisans de leur expulsion en masse. Ce serait une catastrophe puisque leur situation irrégulière profite à l'épanouissement de leurs affaires. En effet, plus on vit dans l'illégalité, plus on est exploitable, le sans-papiers n'ayant ni voix ni droits. Les profiteurs constituent donc un groupe de pression qui influence les législateurs pour empêcher coûte que coûte la promulgation de toute loi claire sur la question des immigrés clandestins.

Liliane écoute et surtout enregistre. « Ils sont tous cyniques, se dit-elle. Les faibles sont donc condamnés à leur misérable condition. » Elle se souvient alors des remarques de Laurent sur le bateau au sujet de la pauvreté cohabitant avec la richesse.

Quelle stratégie va-t-elle utiliser pour sortir de cette vallée de larmes ? Elle envisage désespérément toutes les options, réalisant finalement qu'elle ne peut compter sur aucun complice. Elle pense à Ludovic, le chauffeur de Vol Mar, se remémorant son regard intéressé. Elle fera donc tout pour le séduire. « On ne joue plus la carte de la pudeur à trente ans, se dit-elle. D'ailleurs, à quoi sert la pudeur lorsqu'on crève de misère ? » Mais comment rencontrer cet homme qui vient rarement chez Vol Mar ? Sa pensée se tourne ensuite vers Laurent, dont elle ignore le sort. Lui seul se dévouerait envers elle avec sincérité.

Chapitre 8

Il y a déjà cinq ans que Liliane vit chez les Vol Mar. Sa situation se complique de plus en plus. Sa vie se transforme en un désert sans fin. Tous ses rêves se sont évanouis. Dans son pays, elle connaissait des difficultés, mais elle arrivait à survivre avec ses maigres ressources. Et puis, bien que réservée, elle appréciait la chaleur des relations humaines, si caractéristique de ses compatriotes.

En outre, elle éprouve une profonde reconnaissance envers ses parents qui, malgré la modestie de leur condition, ont compris la nécessité de l'envoyer dans une bonne école — une attitude rare dans le milieu paysan. N'était-ce sa mésaventure sentimentale, elle aurait pu terminer ses études et accéder à un emploi honorable. Consciente de ce privilège, elle s'est promis de les soutenir jusqu'au bout, d'autant qu'ils ne se sont jamais remis de la mort accidentelle de son frère aîné.

Les circonstances ont malheureusement contraint Liliane à s'éloigner d'eux à ce moment tragique de leur existence, dans l'espoir de trouver à l'étranger, particulièrement en Amérique, les moyens de réaliser tous ses projets. Mais elle n'a jamais pensé rompre les liens avec sa terre natale.

Ainsi, après cinq ans loin des siens, Liliane commence à s'interroger sur l'utilité de son déplacement. Ce voyage prend plutôt la forme d'une aventure sans issue. Elle souffre profondément dans sa chair et dans son esprit. Elle travaille comme une esclave, sa ration alimentaire suffit à peine à la maintenir en vie, et elle subit quotidiennement les pires humiliations.

Ces mauvais traitements l'affectent profondément et, s'ajoutant à son isolement absolu et à son inquiétude quant au sort de sa famille, augmentent son désarroi au point de la conduire à la dépression.

Elle a visiblement maigri et sa beauté fond comme de la cire sous la pâleur de son visage. Malgré la fragilité de sa santé, elle n'a pas droit au repos ni à des soins médicaux sérieux. À plusieurs reprises, lorsqu'elle approche sa patronne pour la mettre au courant de son état, cette femme malveillante et cynique la renvoie avec dédain. Au lieu de se pencher sur son cas, elle prend même plaisir à se moquer d'elle en lui rappelant que les gens de sa condition ne doivent pas être joufflus, car une alimentation trop riche les rendrait paresseux et peu performants.

Un jour, Émilie Vol Mar reçoit deux amies. Elles rient à gorge déployée dans le salon en commentant un documentaire sur la tragédie de la faim en Afrique. Liliane vient à ce moment frapper à la porte.

— Qui est là ? crie Émilie. Ce n'est pas Liliane, j'espère ?

— Si, madame, répond celle-ci faiblement.

— Vous ? réplique sa maîtresse avec fureur. Combien de fois faut-il vous répéter de ne pas me déranger quand je reçois mes amis ?

— Madame, je ne viens pas vous déranger. C'est pour Lover que je suis ici.

— Lover ? Qu'est-ce qu'il a, mon Lover ? Misérable, qu'avez-vous fait à mon adorable chien ?

Sans perdre une seconde, les trois femmes se précipitent pour aller porter secours à l'animal. Liliane alors tend à Émilie la prescription du vétérinaire qui recommande de mettre le chien au régime à cause de son excédent de poids.

— Oh, mon Dieu ! Mon cœur a failli s'arrêter ! s'exclame Mme Vol Mar. Mon chien, mon unique enfant, ma raison de vivre... Je mourrai si un malheur lui arrive !

Elle en profite pour montrer à ses invitées la photo la plus récente du chien. Mais au moment où Liliane s'apprête à sortir, elle lui dit avec une certaine ironie :

— Belle Liliane, restez donc un moment pour regarder vos congénères.

Cette méchante remarque provoque l'hilarité des deux autres femmes qui demandent :

— Alors, mademoiselle, vous venez de cet endroit ?

Liliane retient à peine ses larmes à la vue de ces macabres images. Mais en guise de commentaire, elle répond par une quinte de toux.

La dégradation physique de la servante n'émeut pas sa patronne. La diète de son chien la préoccupe plus que la santé d'un être humain. Ce dernier incident ébranle irréparablement le moral de la jeune femme.

***

Un matin, l'aboiement inaccoutumé de Lover attire l'attention d'Émilie, qui s'empresse de s'enquérir des raisons de ce comportement. Elle constate alors que le chien s'embourbe dans ses excréments et ne remarque pas la présence de Liliane dans la cour.

« Que se passe-t-il ? » se demande-t-elle en pensant immédiatement à une probable évasion de sa servante. Elle court immédiatement à la porte de sa petite chambre et entend une voix plaintive en réponse à son appel.

Allongée sur son lit de fortune, Liliane tousse sans arrêt et respire difficilement. Une fièvre brûlante la terrasse et commence à sécher son sang. Alarmée par ce spectacle inhabituel, la patronne recule instinctivement. Sans même poser de question, elle alerte son mari.

— Vol Mar ! Vol Mar ! crie-t-elle nerveusement. Venez vite, la fille se meurt !

Sans hésitation, celui-ci appelle une ambulance.

Il faut faire vite, par souci de sécurité plutôt que par humanité. Car tout incident grave impliquant Liliane attirerait inévitablement les investigateurs. Or comment expliquer la présence d'une immigrée clandestine sous leur toit ? Ils prennent même la précaution de choisir un centre hospitalier familial qui arrange le dossier de la patiente de façon à éloigner tout soupçon. Ils embauchent également un garde pour la surveiller discrètement pendant son séjour à l'hôpital.

Les premiers examens médicaux révèlent un début de pneumonie, une sévère déshydratation et une dépression avancée. Le traitement nécessite quelques semaines d'hospitalisation.

Cependant, les médicaments produisent des effets rapides et, grâce à sa robuste constitution physique, Liliane se rétablit rapidement. Après deux semaines, elle est admise au pavillon des malades en convalescence.

La fenêtre de sa chambre s'ouvre sur une vue splendide qui lui rappelle ses premières impressions de l'Amérique. Mais ce spectacle ne l'ébranle plus. Son esprit explore d'autres champs. Car dans sa situation présente, le nécessaire prévaut sur l'agréable.

Son unique préoccupation actuelle est d'échapper à l'emprise des Vol Mar. Voilà une précieuse occasion pour fuir ! Oui, mais où aller ? Elle ne connaît personne dans ce pays. Et surtout, comment déjouer la vigilance de l'Immigration ? Son évasion risque de compliquer sa situation. Elle se souvient alors de ce proverbe : « Souvent, en fuyant la pluie, on tombe dans la rivière où l'on se noie. » Selon elle, mieux vaut continuer à s'en remettre au temps.

Liliane jouit abondamment de la sollicitude du personnel de l'hôpital. Certains lui manifestent même beaucoup de sympathie, à défaut de l'aider à résoudre son problème. À la veille de sa sortie, elle reçoit la visite d'un groupe de volontaires de la Sainte-Famille. Ces gens généreux jouent un rôle important dans la guérison des malades en leur apportant un réconfort spirituel salutaire. Dans ce groupe se trouve, par bonheur, une compatriote qui lui prodigue les conseils d'usage relatifs au comportement à garder face à l'adversité. Liliane en profite pour confier à sa visiteuse la situation pénible qui est la sienne et qui est la principale cause de son hospitalisation. Sa compatriote déplore son impuissance dans ce type de cas. Elle se contente de donner à Liliane son numéro de téléphone et celui du consulat, qu'elle pourrait contacter à la rigueur. Évidemment, Liliane retient ces maigres informations sans réellement croire à leur utilité.

Le séjour de Liliane à l'hôpital touche à sa fin, et l'idée du retour chez ses patrons commence à l'attrister. Mais, en un sens, elle considère sa maladie comme une bénédiction puisqu'elle lui a au moins permis de prendre contact avec l'extérieur. « Quelquefois, se dit-elle, une situation malencontreuse entraîne des conséquences heureuses. »

***

Le lendemain, assise dans la salle d'attente de l'hôpital, Liliane observe le bonheur qui se lit sur le visage des parents et des amis au moment des retrouvailles. Des accolades chaleureuses célèbrent le rétablissement des êtres chers.

En un clin d'œil, tous désertent les lieux. Solitaire et pensive, Liliale attend... Elle contemple la liberté à sa portée, telle une belle pomme suspendue à une branche. Mais les liens de la servitude, trop solides, l'attachent au sol et l'empêchent de bondir pour cueillir ce fruit précieux. En ruminant sa tristesse, elle se questionne sur le paradoxe de la vie. Pourquoi certaines personnes savourent-elles un bonheur constant tandis que d'autres vivent continuellement dans la détresse ?

Pendant qu'elle sommeille, elle sent une présence à ses côtés. Elle ouvre les yeux et aperçoit Ludovic, le chauffeur des Vol Mar.

— Ne vous inquiétez pas, Liliane, lui dit-il. Je suis chargé de vous ramener à la maison.

La surprise de la jeune femme est d'autant plus grande que, contrairement à leur premier contact à l'aéroport, Ludovic s'exprime dans un langage qu'elle peut comprendre.

— Vous êtes gentil d'être venu, Ludovic, répond-elle. Je ne m'attendais pas à vous voir ici en ce moment.

Il la prend par le bras, l'aide à descendre les marches et la conduit à la voiture. Ils restent quelques minutes sans échanger un mot. Pour Liliane, la présence de Ludovic est comme un éclair au cœur de l'orage au milieu de la forêt obscure. Il aide le voyageur perdu à s'orienter momentanément, même s'il ne suffit pas à l'en sortir.

La voiture roule lentement, le paysage ne fascine plus Liliane comme le jour de son arrivée. Elle essaie seulement d'imaginer la meilleure tactique pour rallier Ludovic à sa cause. Elle finit donc par briser le silence :

— Vous venez des Antilles, Ludovic ? Nous nous comprenons assez bien.

L'homme en profite pour se présenter, et même lui fait part de son expérience d'immigrant. Il lui raconte comment il a pu surmonter les difficultés du début grâce à l'hospitalité d'une cousine. Pressé par les circonstances, il a dû recourir à un mariage pour légaliser son statut. Depuis quinze ans, il travaille dans la compagnie de taxis des Vol Mar. Tout en reconnaissant la capacité de compréhension de son patron, il souligne son manque d'autorité envers sa femme.

— Je sais que vous menez une vie difficile sous l'emprise de cette femme inhumaine.

— Comment pourriez-vous m'aider, Ludovic, à sortir de cette prison ? Coupée de l'extérieur, travaillant depuis cinq ans sans recevoir de salaire, je me sens comme bloquée au fond d'une mine. J'étouffe, Ludovic... La prochaine fois, ce sera le cimetière... Que pouvez-vous faire pour me tirer de cette galère ? Je... Je suis prête à tout, Ludovic.

À ce moment, Liliane se met à pleurer.

Après un mois à l'hôpital, grâce à son traitement, Liliane a retrouvé tout son charme, lequel produit des étincelles dans le cœur de Ludovic. Déjà des idées fusent dans sa tête lorsqu'il entend les dernières paroles de la jeune femme désespérée.

— Je n'ose rien vous promettre, Liliane. Ils finiraient par découvrir ma complicité dans votre évasion.

— D'accord ! J'ai le numéro du consulat de mon pays. Ne pourriez-vous pas faire quelques démarches en ma faveur ? En définitive, ils doivent assistance à leurs compatriotes en difficulté.

— Oh ! Le consulat... N'y pensez pas, ma chère. Le consul travaille étroitement avec ces gens.

Liliane, décontenancée, reste silencieuse. De son côté, Ludovic rougit de ne pouvoir l'aider, mais il n'envisage pas non plus de se lancer dans une aventure.

— Alors que faut-il faire dans ce cas ? Me résigner à mon sort ? demande Liliane.

Ils cessent de parler durant un moment comme s'ils se trouvaient dans une impasse. Comme ils s'approchent de la maison, Ludovic arrête brusquement la voiture, saisit son petit poste de radio portatif et le lui offre.

— Prenez cet appareil, Liliane. Faites en votre compagnon dans votre solitude. C'est la seule aide que je puisse vous apporter en ce moment.

— Merci, Ludovic. Je garderai précieusement ce merveilleux cadeau.

— Utilisez-le discrètement, ajoute-t-il ; n'oubliez pas qu'ils vous observent.

Ils pénètrent enfin dans l'enceinte de la villa. Ludovic presse sur la sonnette pour annoncer son arrivée. Émilie, de sa chambre, le remercie sans même prendre la peine d'accueillir

Liliane qui vient de passer un long mois à l'hôpital. Celle-ci se dirige vers son appartement où elle va continuer à boire son calice de douleur. Elle entend, comme seul réconfort, le timide jappement de Lover qui, flairant sa présence, semble saluer son retour.

***

Liliane passe toute la nuit à réfléchir sur sa destinée. Chaque fois qu'elle croit atteindre le bout du tunnel, un obstacle inattendu en obstrue la sortie. Son sort est comparable à celui de Sisyphe, condamné à faire rouler continuellement une pierre vers le sommet d'une montagne pour la voir redescendre au fond au moment de l'atteindre. Mais Sisyphe, suivant la légende, mérite sa sentence puisqu'il aurait insulté les dieux. Liliane se demande quel mal elle a commis pour être ainsi bousculée par la vie. À peine sortie de l'adolescence, elle doit affronter les rigueurs de l'existence. D'abord traumatisée par une déception sentimentale lorsque son premier amant abusa de sa naïveté et de son innocence, elle a d'alors été obligée de travailler dur pour subvenir au besoin de sa famille et de sa fille. La voici maintenant trahie par ce patron en qui elle avait confiance. Une vague d'inquiétude envahit son cœur tandis qu'un nuage de pessimisme enveloppe sa conscience.

Le lendemain, Liliane remet à ses patrons une lettre de la direction de l'hôpital lui prescrivant une semaine de repos pour lui permettre de récupérer totalement.

Pendant son absence, Lover a été confié à une maison pour chiens, et le fatras s'est accumulé partout. Elle doit mettre les bouchées doubles pour normaliser la situation et rendre son travail plus aisé.

Elle s'abandonne à son sort inique, persuadée que ses puissants patrons ne lui laisseront aucune échappatoire. Elle compte désormais, pour adoucir sa peine, sur son poste de radio. Elle arrive par bonheur à capter un programme éducatif qui devient son guide dans la recherche subtile de sa libération.

Chapitre 9

Un matin, Liliane se réveille plus tôt que de coutume pour nettoyer la cour. Un vent violent a soufflé la veille, provoquant la chute des feuilles jaunies. Malheureusement, elle oublie d'éteindre son poste de radio. Or, par une malencontreuse coïncidence, M. Vol Mar, attiré par la musique pendant sa tournée d'inspection, pénètre dans l'appartement de Liliane. Il découvre l'appareil, qu'il remet aussitôt à sa femme. Celle-ci appelle immédiatement sa servante au salon.

— Vous avez des nouvelles ? lui demande-t-elle.

— Je ne comprends pas ce que vous voulez dire, madame.

— Vous ne comprenez pas ? D'où vient ce récepteur ? De quel droit utilisez-vous un poste de radio dans ma maison ?

— Mais, madame...

— Il n'y a pas de « mais ». Répondez directement à ma question, Liliane. Où avez-vous trouvé cet appareil ? insiste Émilie.

Liliane, embarrassée, garde le silence. Elle se demande si elle doit réagir énergiquement et défendre ses droits. Elle n'a commis aucun délit en se procurant un poste de radio. Elle pense que la répression a atteint son paroxysme et a envie de tout faire basculer pour en finir une fois pour toutes avec cette situation révoltante. « Ils ont peur que je sois informée de ce qui se passe et que je me plaigne, se dit-elle. Je comprends à présent pourquoi les colons poursuivaient les marrons jusque dans les champs de canne : pour les empêcher de découvrir le secret des livres. »

L'incident du vase de porcelaine de Marie Joe lui revient alors à l'esprit. La sagesse lui commande de se maîtriser et de garder un profil bas. Toutefois, son mutisme provoque la réaction de Vol Mar qui intervient à son tour :

— Nous attendons votre réponse, Mlle Liliane. D'où vient ce poste ?

— C'est vous qui l'avez entre les mains, répond-elle sèchement.

— Comment ? Vous osez répliquer ? Voulez-vous compliquer davantage votre situation ? menace Émilie.

— Non, madame. Au contraire, je pense le moment venu pour la changer.

— Que voulez-vous dire ? demande M. Vol Mar.

— Je veux simplement dire que c'est moi qui devrais vous poser des questions.

— Eh bien, allez-y ! réplique Émilie en ricanant. Quelles sont vos questions ?

Liliane rappelle alors qu'elle travaille chez eux depuis cinq ans sans recevoir de salaire et qu'elle veut bénéficier d'un traitement digne d'un être humain.

Ce réquisitoire inattendu déchaîne la colère du couple.

— Qui vous a appris, petite insolente, que les gens comme vous sont des êtres humains ? demande Émilie.

Comme Liliane s'apprête à répliquer, la patronne la stoppe :

— Où est Lover en ce moment ? La servante a-t-elle déjà pris soin du chien ?

Liliane comprend vite la valeur symbolique de ces propos qui visent à l'inférioriser et la détourner de ses aspirations légitimes. Émilie cherche à blesser son amour-propre pour étouffer son sentiment de révolte. M. Vol Mar lui-même se joint à sa femme pour renforcer l'assaut.

— Vous étiez ma servante dans votre pays. Des milliers de femmes de votre condition envieraient votre position. Ne l'oubliez pas, Liliane.

— Je n'oublie rien, M. Vol Mar... Dans mon pays, j'étais

votre servante, et non votre esclave. Je jouissais de ma liberté malgré les vicissitudes de la vie quotidienne. Je veux vivre libre dans ce pays aussi.

— Que comptez-vous faire alors, si tel n'est pas le cas ? interroge Émilie.

— Je ne le sais pas encore, dit Liliane avec un calme déroutant. Mais je sais que la loi d'ici s'applique à toutes les personnes.

— Taisez-vous, petite ignorante ! Boat people !

— Je sais, Mme Vol Mar, que j'ai commis une infraction en acceptant de venir ici par la mer. Mais ne doit-on pas juger ceux qui s'enrichissent sur la base de cette violation ?

Émilie, piquée au vif par cette boutade virulente, jette furieusement le poste de radio sur le plancher en ajoutant :

— Désormais, l'école est fermée ; vous avez assez appris.

Elle saisit ensuite la main de son mari qu'elle entraîne dans leur chambre. Liliane reste pétrifiée au milieu du salon, regardant avec tristesse les morceaux de son récepteur éparpillés çà et là sur le tapis.

Elle déplore cet incident regrettable, d'autant plus qu'elle ne souhaitait pas un dénouement aussi brutal. À présent, elle spécule sur la décision que ses patrons vont prendre. Consciente de son incapacité à se défendre et de sa vulnérabilité, elle attend avec inquiétude le verdict.

***

Pendant que Liliane est torturée par l'incertitude sur son sort, ses patrons, de leur côté, devisent sur la délicatesse de la situation. Car ils ne sous-estiment pas la réaction arrogante de leur servante. C'est une journée exceptionnelle dans l'histoire de la maison des Vol Mar. Ils passent en revue tous les scénarios. Émilie invoque même l'élimination physique, soutenant que personne ne remarquerait la disparition de Liliane. Son mari s'oppose à cette solution trop risquée. L'expulsion paraît plus raisonnable, mais cette alternative présente également un inconvénient, car

Liliane, une fois dans son pays, pourrait attaquer sa succursale pour se venger, et ses concurrents sauteraient sur l'occasion pour lui causer des embêtements.

— En tout cas, on ne peut plus faire confiance à Liliane, conclut Émilie.

— Nous avons nourri une vipère en notre sein. Cette fille ne nous aimera jamais plus.

Vol Mar reste pensif un moment, soutenant son menton de ses deux mains.

— Bon, voici ma solution, annonce-t-il finalement. Nous allons la déposer quelque part en ville. Ainsi, perdue dans la grande cité, elle ne pourra nous causer aucun ennui, et la police fera le reste.

Le lendemain de l'altercation, Émilie, accompagnée de son mari, appelle Liliane qu'ils attendent sur le pas de la porte. Pour la première fois, elle ne s'enquiert pas de Lover. Sur un ton arrogant et ironique, elle prononce la sentence :

— À compter d'aujourd'hui, nous n'avons plus besoin de vos services dans cette maison. Deux maîtresses ne peuvent cohabiter dans le même foyer. Votre impertinence nous force à prendre cette décision.

— Je ne suis pas une personne impertinente, madame Vol Mar. J'ai réagi tout simplement comme un être humain, répond Liliane.

— Le moment n'est plus à la discussion, ma chère. Faites vos bagages, ordonne Émilie.

— Vous savez bien, madame, que je n'ai pas de valise à faire. Quels effets aurais-je à y mettre ? réplique Liliane.

— Vous n'avez pas le droit de parler ainsi dans ma maison. Préparez-vous à vider les lieux.

— Vous appelez « impertinence » mon refus d'être traitée comme un paria. Comment qualifier alors votre cruauté et votre cynisme ? Vous m'avez fait travailler pendant cinq ans sans me payer, vous m'avez torturée moralement en essayant de m'abrutir... Je suis impertinente parce que je ne vous ai pas laissé étouffer ma dignité.

— Quelle éloquence ! Gardez vos belles paroles, Liliane. Peut-être en aurez-vous besoin en d'autres occasions, dit Émilie.

— Non, madame. Je ne m'en irai pas sans vous dire ce que je pense de vous. Je n'ai pas peur de vous regarder dans les yeux, ni vous ni votre mari, parce que je sais que je ne vous dois rien, pas même le respect. Je suis prête à affronter n'importe quelle épreuve. Alors, faites comme bon vous semble. Appelez la police, si cela vous plaît.

— Non, ma chère. Nous n'avons pas l'intention de vous faire cet honneur. La police n'interviendra pas dans cette affaire. Vous vouliez votre liberté. Eh bien, dans quelques instants, vous serez libre, ma bonne et élégante Liliane !

***

La voiture franchit la barrière de la propriété. Liliane, assise sur le siège arrière, jette un dernier coup d'œil à travers la cour, cadre de ses déboires pendant cinq ans. Elle se sent triste malgré tout. Elle n'entend même pas la voix de Lover. Ce silence, joint à la désolation de la nature automnale, alimente la mélancolie qui étreint déjà son âme.

Les Vol Mar habitent à trente minutes du centre-ville. La voiture file à vive allure au milieu des forêts décharnées qui bordent la route. Personne ne dit mot. Émilie et Vol Mar semblent concentrés sur la mission importante qu'ils vont accomplir, ignorant la présence de Liliane qui a osé les défier. Ils se préoccupent d'atteindre le plus vite possible le bûcher, avides de savourer leur vengeance. Quand ils arrivent sur la place désignée pour l'exécution, ils l'invitent à descendre.

— Vous voilà libérée, belle Liliane ! Savourez bien votre liberté, lui dit Mme Vol Mar en souriant.

Ces dernières paroles marquent la fin d'un cauchemar pour Liliane, mais en annoncent immédiatement un nouveau.

Chapitre 10

Debout sur le trottoir, Liliane regarde la voiture filer jusqu'à ce qu'elle disparaisse au bout du long boulevard. Elle respire profondément, observe avec attention et curiosité son nouvel environnement, et soupire. Elle est bel et bien libre maintenant. Mais elle va faire face sans délai à une autre forme de servitude. Elle est dans la rue, sans papiers et surtout sans abri. Elle se sent subitement seule et désorientée. Elle ne sait même pas comment se diriger dans cet espace inconnu et gigantesque où toutes les directions semblent se confondre. Même la connaissance des quatre points cardinaux ne peut lui être d'un grand secours, d'autant qu'elle n'a aucune destination en tête.

Elle se dirige alors vers une petite place publique qui longe le boulevard. Elle s'assoit sur l'un des nombreux bancs destinés aux promeneurs solitaires, dépose sa valise à côté d'elle, puis sécurise à l'intérieur de son corsage les cinq cents dollars reçus de ses anciens patrons pour le travail fourni pendant cinq ans. Cette somme représente son unique fortune, dont dépend pour le moment son avenir.

Elle ferme les yeux, pousse un léger soupir et murmure :
— Quelle drôle de vie ! Rien n'est réellement acquis une fois pour toutes. Chaque fois qu'on croit résoudre un problème, on se trouve en face d'un nouveau, souvent plus difficile.

Mais pendant qu'elle se livre à ce dialogue intérieur, il lui semble entendre une autre voix qui répond : « Arrête-toi de penser ainsi, ma chère enfant. Sache qu'un gouffre infranchissable sépare les sommets de la servitude et ceux de la liberté. On ne peut pas passer de l'un à l'autre par un simple petit bond. La liberté se prépare, ma petite. Elle ne se laisse pas prendre d'assaut. On ne gravit pas aisément les pentes abruptes qui y mènent. »

Ces paroles retentissent tellement fort dans sa conscience qu'elle tourne la tête pour s'assurer qu'un intrus ne l'épie pas. Au contraire, elle se rend compte que tous les gens ont déjà déserté les lieux à cause du vent froid qui souffle à la tombée de la nuit.

À quelques mètres d'elle, elle aperçoit un homme qui s'avance dans sa direction. Elle se met alors à trembler. « Si c'est un policier, que lui dirai-je à propos de mes papiers ? s'alarme-t-elle. Je serai arrêtée. Et si c'était un gangster ? un violeur ?... Oh, mon Dieu, protégez-moi ! Vous savez que je suis innocente. » Entre-temps, l'inconnu est arrivé à son niveau et continue sa route sans même la regarder.

Tout à coup, il s'arrête et rebrousse chemin comme s'il avait oublié quelque chose derrière lui. Il se tient cette fois devant Liliane et la regarde de la tête aux pieds.

— Que faites-vous ici, seule ? Vous ne voyez pas que tout le monde est parti ?

Liliane reste bouche bée, ne sachant quoi répondre. D'ailleurs, elle ne sait pas elle-même ce qu'elle fait en cet endroit et elle n'a pas non plus une place particulière où aller.

— Oui, je sais que je suis seule, monsieur.

— Mais vous semblez avoir un problème, dit l'étranger. Une femme de votre apparence ne traîne pas seule dans cette zone.

— Oui, monsieur. J'attends quelqu'un qui doit arriver d'un moment à l'autre. Merci pour votre attention.

Cet homme a l'habitude de ce genre de rencontre, car ce quartier pullule d'immigrés clandestins qu'il aide souvent à trouver leur destination ou une destination quelconque, suivant le cas. Il appartient à cette catégorie de gens désœuvrés qui vivent de cette activité.

Liliane, prise au dépourvu, finit par céder à sa curiosité et lui raconte l'essentiel de son histoire.

— Je peux vous aider, madame. Mais avez-vous de l'argent ?

— J'en ai juste pour quelques jours.

— Bien, vous avez beaucoup de chance. Vous n'allez pas passer la nuit à la belle étoile. Une jolie femme comme vous ne doit pas rester seule dans la rue, dit-il avec un sourire malicieux.

Puis il éclate d'un rire triomphateur qui couvre la réponse de la jeune femme.

— Où peut-on trouver un hôtel ici, monsieur ? lui demande-t-elle.

— Un hôtel ? Non, ma fille, vous n'avez pas besoin d'hôtel tant que vous m'accompagnerez.

— Merci, monsieur, pour votre générosité. Mais je n'ai pas besoin de faveurs. Je veux payer pour dormir en attendant que je rencontre mon ami.

— Les hommes de la rue n'acceptent pas de défi, ma chérie. Sachez que c'est moi votre ami dorénavant. Si vous en avez réellement un, oubliez-le. C'est compris ? s'exclame l'homme.

Cette menace à peine voilée fait comprendre à Liliane qu'elle traverse un gouffre sur une corde. Elle doit faire beaucoup d'acrobaties pour ne pas tomber au fond. Aussi feint-elle d'accepter le jeu.

— Quel est votre nom, monsieur ? lui demande-t-elle.

— Mon nom ?... répond l'homme. Mon nom... c'est celui qui est tout et rien... Toutrien, voilà mon nom.

Liliane se rend compte qu'à trente-cinq ans elle ne sait réellement rien de la vie. En effet, elle était jusqu'à présent habituée à vivre comme dans un enclos, sans contact avec la réalité. Les cinq dernières années chez les Vol Mar lui ont révélé le cynisme de certaines personnes et la cruauté des préjugés, mais à présent elle s'embarque dans un autre type d'aventure à l'issue imprévisible.

Elle se souvient alors de l'histoire de la petite chèvre qui, s'ennuyant chez son maître, se réfugie dans la montagne à la recherche de la liberté à travers les vastes espaces, sans imaginer qu'elle va affronter, durant la nuit, la férocité du loup.

Ainsi, le premier contact de Liliane avec la rue lui enseigne une vérité essentielle : il ne suffit pas de désirer la liberté, il faut la préparer.

Depuis quelques instants, Liliane et Toutrien cheminent ensemble sans dire un mot, comme si chacun essayait de sonder la pensée de l'autre. Liliane en profite pour observer l'environnement, notant tout ce qu'elle pense pouvoir lui servir à l'avenir : le nom des rues, les églises, certains édifices célèbres... Elle pense qu'il faut être proactif pour gérer les embarras de la vie. Elle s'arrête devant une église catholique, juste le temps de faire un signe de croix et d'implorer le secours du Saint Patron. Elle identifie aussi plusieurs temples représentant d'autres congrégations religieuses.

— C'est comme chez nous, balbutie-t-elle.

Cependant, elle se garde de demander la moindre information à son étrange guide. Finalement, elle brise le silence :

— Où m'emmenez-vous, monsieur Toutrien ?

— Partout et nulle part, madame. Contentez-vous de me suivre.

— Alors, je m'arrête... Merci pour votre compagnie, dit Liliane.

— Alors, mon argent, madame !

— Comment, votre argent ? Qu'avez-vous fait pour que je vous paie ?

— Rien ne se fait pour rien, ici. En acceptant de me suivre, vous m'avez engagé. Vous me devez cinquante dollars pour cela, réplique l'homme avec fermeté.

Liliane ne réagit pas immédiatement, se demandant dans quel pétrin elle se trouve et s'interrogeant sur l'intention de cet étrange individu. « En tout cas, je ne me laisserai pas intimider », se dit-elle.

— Je ne peux vous donner que vingt-cinq dollars. Les voici, si vous les voulez. Maintenant, laissez-moi seule. Je vais essayer de contacter mon ami qui devrait être rentré chez lui.

Toutrien prend l'argent que lui tend Liliane. Il la regarde un moment, puis pointe son index sur elle.

— Sachez, ma fille, que je suis maître de la rue. Vous ne pouvez rien sans moi. Votre prétendu ami est censé le savoir.

Elle saisit bien le sens de l'avertissement et se résout à s'y conformer.

Ils arrivent enfin dans un petit immeuble de deux étages, situé dans un quartier assez bruyant, où ils sont accueillis par une femme d'un certain âge.

— Nous avons de la compagnie, dit-elle en voyant Liliane. Où avez-vous trouvé ce joli bébé ?

— Sur la place publique en train d'attendre un ami qui ne peut pas arriver. Je lui ai proposé de passer la nuit chez vous pour ne pas rester seule dans la rue, répond Toutrien.

Chapitre 11

Toutrien laisse Liliane avec Céline, la propriétaire de la maison. Celle-ci habite le quartier depuis belle lurette et y tient un bordel que fréquentent tous les messieurs en quête de frivolités. Comme ses clients appartiennent à toutes les catégories sociales, elle jouit d'une grande popularité. Elle recrute surtout de jeunes femmes immigrées en difficulté et leur trouve du travail, en leur fabriquant de faux papiers et en plaçant certaines d'entre elles dans des maisons de prostitution auxquelles elle est associée – elle entretient des liens d'affaires avec tous les milieux interlopes. Toutrien lui sert de démarcheur, chargé de repérer les éventuelles proies. La maison de Céline offre donc à Liliane un pied-à-terre incontournable.

Elle laisse un moment sa nouvelle pensionnaire dans le salon tandis qu'elle finalise quelques affaires pendantes. Entre-temps, Liliane en profite pour explorer son environnement immédiat. Finalement, Céline revient.

— Je vous ai fait attendre, ma belle. Excusez-moi. Venons-en maintenant aux affaires. Qu'attendez-vous de moi exactement ? lui demande-t-elle.

— Je ne sais pas au juste, dit Liliane.

— Alors, pourquoi êtes-vous ici ?

— Je cherche un hôtel pour passer la nuit. Ce monsieur m'a dirigée jusqu'à cette maison. J'y suis.

Céline lui explique alors que, bien que sa maison ne soit pas un hôtel à proprement parler, elle y reçoit parfois par générosité des personnes en difficulté et que l'apparence compte parmi les critères d'admission. Elle souligne que les gens ne s'ennuient jamais chez elle et que certaines filles font souvent d'excellentes affaires.

— Eh bien, si vous voulez, vous pouvez rester ici. Les prix sont abordables.

— De combien est le montant du loyer ? lui demande Liliane.

— Vingt-cinq dollars par jour... et vous devrez payer une semaine d'avance. Mais ne vous inquiétez pas pour ça, mon amie. Nous pourrons toujours convenir d'un arrangement, précise Céline.

Bien que cette somme soit exorbitante pour la petite bourse de Liliane, elle s'y résigne, car on ne saurait reculer devant aucun sacrifice pour garantir son coucher. Au moins, elle évitera pendant une semaine le cauchemar de se traîner dans les rues, exposée aux incidents indésirables.

— Entendu. Je resterai chez vous en attendant.

— Bien. Maintenant, nous devons fixer certaines conditions. Avez-vous tous vos papiers ? Vous savez que l'Immigration est très agressive... ajoute Céline.

Cette question inattendue fait frissonner Liliane, qui se contente d'une réponse évasive :

— Je vais vous payer le loyer, madame. Je pense que mon identité n'a rien à voir avec cette affaire.

— D'accord, dit Céline. Je veux simplement vous protéger ainsi que ma maison... Laissez-moi vous montrer votre chambre.

Cela étant fait, elle prend congé de sa pensionnaire avec un sourire rassurant :

— Vous êtes en sécurité pour le moment.

***

Pendant que Liliane fait son apprentissage de la liberté, ses anciens patrons, eux, évaluent leur nouvelle situation. Sur le chemin du retour, ils discutent des conséquences du renvoi de leur servante, dont ils reconnaissent la qualité du service qu'elle a fourni pendant ces cinq années.

— Qu'allons-nous faire, maintenant ? demande Vol Mar à sa femme.

— Nous trouverons une solution, répond Émilie. De toute façon, nous n'allons pas pleurer le départ d'une servante !

— Certes. C'était une bonne personne... Finalement, qu'avions-nous à lui reprocher ?

— Elle s'est montrée trop fière. Une servante ne regarde pas ses maîtres dans les yeux, souligne Émilie.

— Pourtant, elle réunit les meilleurs qualités qu'un maître puisse attendre de son serviteur : l'honnêteté et la soumission.

— À vous entendre, dois-je penser à autre chose ?... Vous avez oublié de mentionner son élégance, réplique Émilie avec une pointe d'énervement qui trahit sa jalousie.

— Pensez ce que vous voulez, ma chère ; je dis tout simplement la vérité.

— Eh bien, si vous la regrettez à ce point, retournez donc la chercher.

— C'est trop tard, dit le mari. La rupture est consommée.

— D'ailleurs, nous avons été généreux avec elle : nous ne l'avons pas abandonnée les mains vides. Allons, chéri, tournons la page de Liliane.

Émilie espère que ces dernières paroles vont désarmer son mari. Au contraire, celui-ci revient à la charge :

— Bien dit, ma femme. Mais savez-vous qu'il nous faut maintenant trois personnes pour la remplacer ? Et nous n'allons pas trouver facilement des clandestins... Vous comprenez ce que je veux dire... ajoute Vol Mar.

Émilie n'ose pas répliquer à cette remarque cinglante de son mari. Elle s'agite sur son siège, tandis que son visage s'empourpre.

Alors qu'elle baisse la vitre pour laisser entrer un peu d'air, ses yeux tombent sur le triste paysage d'automne dont la dégradation lui rappelle les caprices de la fortune. À ce moment, sa bonne conscience prend le dessus sur la part d'elle-même qui est aveuglée par les préjugés. Il lui semble entendre des reproches jaillissant de son subconscient : « Votre mari a raison... Liliane est une travailleuse loyale, patiente, respectueuse... Pourquoi l'avez-vous humiliée, exploitée ?... Pourquoi l'avez-vous abandonnée dans la rue, les mains presque vides ? Comment allez-vous pouvoir jouir du fruit de son travail que vous avez volé ? »

Soudain, Émilie pousse un cri hystérique qui fait sursauter Vol Mar, qui n'a pas prêté attention au comportement de sa femme tandis qu'il conduisait.

— Arrêtez ! Arrêtez, je vous dis !

— Que se passe-t-il ? demande-t-il tout en ralentissant.

— Arrêtez, je veux descendre... Je ne me sens pas bien...

Il s'arrête effectivement et prodigue à sa femme les soins appropriés.

Une fois chez eux, ils abandonnent un moment le dossier « Liliane ».

**

Ce phénomène se produit souvent chez les gens incapables de générosité envers leurs semblables. Ils abusent de leurs privilèges et prennent plaisir à marginaliser ceux que la vie n'a pas favorisés. Mais leurs préjugés les aveuglent au point qu'ils détruisent eux-mêmes, sans s'en rendre compte, le socle de leur bien-être.

Émilie, n'ayant jamais subi de privations dans sa vie, ne peut pas comprendre les souffrances endurées par sa servante. Elle est comme le cheval qui galope pour son plaisir à travers la plaine, ignorant la peine de la pauvre bourrique assignée au transport de tous les fardeaux de la maison. Mais lorsque arrive le moment où, n'en pouvant plus, la pauvre bête s'arrête pour signaler sa fatigue, si le maître persiste à la faire avancer, elle fait tout basculer.

Liliane n'a jamais souhaité quitter les Vol Mar. Elle a simplement revendiqué le droit d'être traitée comme un être humain. Le conflit a surgi de l'arrogance de ses maîtres et de leur refus catégorique d'améliorer son sort.

Mr. Vol Mar, malgré sa maturité, s'est laissé prendre au piège. Il est conscient des avantages énormes que sa maison a tirés des services de Liliane, qu'il ne voulait certainement pas perdre. Il a malheureusement choisi de suivre la voie de sa femme, réalisant instinctivement le danger que représentait cette domestique révoltée.

Cette décision injuste et irraisonnée complique leur propre situation.

***

Le soir venu, après s'être remis des déboires de la journée, ils reprennent leur conversation.

— Maintenant, qu'y a-t-il à faire ? demande Émilie à son mari.

— D'abord, reconsidérer notre budget, répond Vol Mar. Nous devons louer les services d'une compagnie pour le nettoyage de la cour et d'une femme de ménage pour l'intérieur.

— Mais cela va coûter très cher ! s'exclame Émilie.

Après un moment de silence, elle propose :

— Et si on essayait de ramener Liliane ? Peut-être accepterait-elle de revenir moyennant des avantages raisonnables... Comme vous l'avez dit, c'est une femme loyale et sérieuse.

— Ce serait idéal, répond Vol Mar. Mais qui sait où elle est à l'heure actuelle ? Exposée à tous les risques de la rue, sans abri, sans papiers, et ne maîtrisant pas la langue... Toutes les conditions sont réunies pour lui garantir le pire sort.

— Essayons quand même ! Ludovic, le chauffeur de taxi, connaît tous les recoins de la ville. Demandons-lui de nous aider.

— Je pense justement à lui pour nous trouver une femme de ménage... dit Vol Mar. En ce qui concerne Liliane, je suis sûr qu'elle ne reviendra pas. Elle est traumatisée par son expérience dans cette maison... Sachez, Émilie, que cette femme appartient à cette catégorie d'individus qui préfèrent la liberté la plus exécrable à une servitude dorée. Ne soyez pas étonnée que de telles paroles sortent de ma bouche, ma chérie.

— Je ne le suis pas. Moi aussi, j'ai appris la leçon, dit Émilie.

À cet instant, le triste aboiement de Lover leur rappelle que sa toilette n'a pas été faite.

***

Le lendemain, Liliane, bien qu'éveillée, reste dans son lit, à faire la grasse matinée. Elle tient à jouir pleinement de ce moment de répit que lui ont ravi cinq ans de servitude. Elle a au moins une semaine pour l'apprécier, puisqu'elle a conclu un marché avec Céline qui inclut même ses frais de nourriture. Pendant qu'elle se détend, ses patrons s'affolent pour combler le vide qu'elle a laissé. Doux revers du destin... « Un jour pour le chasseur, un jour pour le gibier. » Mais elle sait aussi que gagner une bataille n'est pas gagner la guerre. Elle doit donc profiter de cette trêve d'une semaine pour élaborer une nouvelle stratégie. Car, tout compte fait, son problème reste entier. Comment travailler sans documents légaux ? Elle n'espère plus entendre de bonnes nouvelles sur ses parents, mais elle aimerait savoir au moins ce qui leur est arrivé en définitive. De plus, elle imagine, dans ses cauchemars, la mort probable de Rachel, sa fille. Elle caresse le projet de lui faire atteindre les sommets inaccessibles à sa mère. C'est d'ailleurs la motivation déterminante de son voyage. Elle va s'efforcer, grâce au recouvrement de sa liberté, de trouver les réponses qu'elle cherche.

Elle pense d'abord à Ludovic, son plus récent ami, qui lui a exprimé sa compréhension et sa sympathie en lui faisant don de son poste de radio. Où le débusquer à travers cette immense cité ? Sa pensée se tourne ensuite vers Laurent, le seul compagnon avec lequel elle jouirait pleinement de cet instant de halte.

Tout son corps tressaille soudain, comme si ses sens lui demandaient des comptes sur ces longues années d'abstinence. Elle se remémore alors les paroles galantes du jeune courtisan de la plage, qui couvaient les plus douces et les plus tendres promesses, puis leur cheminement amical jusqu'à leur séparation à l'aéroport. Elle revoit la scène macabre des passagers se jetant dans la mer, espérant ainsi échapper aux garde-côtes. Seule la vigilance de Laurent lui a sauvé la vie. Elle pense que son gentilhomme doit être quelque part dans ce labyrinthe urbain, affrontant les déboires communs à tous les immigrés clandestins. Peut-être que lui aussi, partageant les mêmes souvenirs, souhaite la rencontrer à ce nouveau carrefour de la vie, pour cheminer, cette fois-ci sans se séparer, jusqu'au bout de l'aventure...

Liliane est ainsi perdue dans ses réminiscences quand retentit la sonnette de sa chambre. Céline l'invite à venir la voir aussitôt que possible pour achever la conversation de la veille.

***

Quelques minutes plus tard, les deux femmes se trouvent dans le salon.

— Une bonne nuit, n'est-ce pas ? s'enquiert Céline.

— Merci pour la chaleur de votre accueil, répond Liliane.

— Beaucoup de personnes ont séjourné dans cette maison, dit Céline ; mais vous avez fait sur moi une agréable et inhabituelle impression.

— Merci, dit Liliane. Je ferai tout pour ne pas vous décevoir.

— Bien ! C'est vrai que vous payez votre appartement. Mais, dans votre intérêt, je vous conseillerai de ne pas vous aventurer seule dans la rue.

— Comment vais-je faire pour régler mes affaires ?

— Je comprends cela. Cependant, n'oubliez pas la vigilance de la police.

Comme Liliane ne réagit pas, Céline continue :

— Vous êtes comme au milieu d'une rivière en crue, accrochée au dos d'un passeur. Réfléchissez bien, ma petite...

À court d'arguments, Liliane baisse la tête, feignant de nettoyer ses ongles. Finalement, elle répond sur un ton résigné :

— Je comprends. Je suis sur votre dos, et surtout consciente que je ne sais pas nager.

Céline se montre très courtoise et évite d'effaroucher sa pensionnaire. Habituée à gérer ce genre de cas, cette femme d'expérience a tout arrangé pour l'exécution de son projet.

Sans le savoir, Liliane vient de tomber, comme une mouche, dans le filet d'une araignée.

Chapitre 12

Ludovic rencontre les Vol Mar qui le mettent au courant du sort de Liliane. Cette nouvelle ne l'étonne pas réellement, ayant lui-même subi en maintes occasions l'arrogance d'Émilie. Il s'efforce tout de même de dissimuler son émotion afin de ne pas dévoiler son intérêt pour la jeune femme, dont les ennuis l'affectent profondément. Il éprouve une grande sympathie pour elle, tant en raison de son élégance que de ses bonnes manières. Il ne court dès lors aucun risque à venir à sa rescousse puisque les Vol Mar l'ont eux-mêmes mêlé à l'affaire. « Si elle n'est pas en prison, se dit-il, je finirai par la trouver. »

Chauffeur de taxi, Ludovic connaît tous les milieux, et on arrive souvent, dans ce métier, à faire de précieuses et utiles rencontres. Un jour, un client à l'accent antillais lui demande de le déposer au Centre des réfugiés. Durant le parcours, il aborde des questions assez sérieuses, telles que, notamment, la situation des immigrés. Il déplore le mauvais traitement dont ils sont victimes et condamne le cynisme du pays d'accueil, qui bénéficie largement de leur force de travail sans presque rien leur donner en retour. Naturellement, Ludovic s'abstient de tout commentaire, s'étonnant de la désinvolture de cet homme qui ne se prive pas de s'exprimer ouvertement sur un sujet aussi épineux.

Avant de quitter le taxi, l'étranger remet à Ludovic sa carte de visite et le prie de revenir le chercher plus tard à l'adresse indiquée. Ludovic, tout heureux d'avoir trouvé une course aussi facile, est ponctuel au rendez-vous. Aussitôt que son client remonte dans sa voiture, il l'interroge :

— Où dois-je vous conduire, monsieur Laurent ?

Sur la carte, il a lu : « Laurent. Agent de liaison entre les organisations des droits de l'homme. 525 Miracles Street, 7ᵉ étage. » Ce doit être un homme important, s'est dit Ludovic en regardant la carte. En tant qu'activiste, il pourrait servir la cause de Liliane... Mais où trouver cette femme, prise en tenaille entre la police et les gangs ? Et qui sait si cet homme n'est pas un de ces imposteurs qui violent la conscience de la communauté sous le couvert d'un activisme démagogique ?

Le passager engage à nouveau le dialogue. Pour un activiste, il importe de rester connecté avec les gens et avec la réalité.

— D'où venez-vous, camarade ? demande-t-il à Ludovic.

— Des Antilles... Vous avez sans doute remarqué que nos langues sont voisines.

— C'est vrai. Nous appartenons à la même souche. Peut-être ferons-nous la route ensemble.

Après une légère pause, il poursuit :

— La vie est dure, mon ami. L'homme est réellement un loup pour ses semblables. Les gens refusent de partager, même ce dont ils n'ont pas besoin. Regardez les réfugiés : ils font la fortune des nantis en travaillant dans les conditions les plus dégradantes. Ils subissent toutes sortes d'humiliations. On leur refuse même le droit minimum de vivre dans la dignité.

Pour éloquentes que soient ces paroles, Ludovic feint de ne pas leur accorder beaucoup d'attention. Pas même un soupir pour signifier son approbation. Certes, il connaît des activistes bien intentionnés. Mais un grand nombre louent aussi leurs services comme espions pour traquer ces infortunés immigrés. La prudence lui dicte donc de se méfier de ce beau diseur.

Chemin faisant, ils se contentent d'échanger quelques informations personnelles. Ludovic lui apprend dans quelles conditions il est arrivé dans le pays. Il a accepté les boulots les plus bas jusqu'à ce qu'il obtienne son permis de conduire. Il souligne les risques encourus par les chauffeurs de taxi, malgré la garantie de l'emploi que cette profession procure.

— Et vous, monsieur Laurent, vous semblez un homme important dans cette ville...

— Pas vraiment, répond celui-ci. Tous les immigrants connaissent les mêmes péripéties.

Il lui raconte alors ses mésaventures dans son pays, l'arrestation du petit bateau et la disparition de ceux qui se sont jetés à la mer, tout en se considérant favorisé de par son éducation. Pendant sa semaine de garde à vue dans la prison des services de l'immigration, il a servi d'interprète pour ceux qui ne comprenaient pas les questions des agents. Ayant obtenu l'asile politique, il a suivi deux années dans un collège communautaire où il a étudié la justice criminelle.

— Quelle est votre fonction dans cette organisation ? lui demande Ludovic.

— Je suis responsable de la coordination des conférences inter-communautaires. Ma connaissance des quatre langues en usage dans cette communauté m'a permis de décrocher ce job.

Ce bref moment passé ensemble a permis aux deux hommes de se familiariser l'un avec l'autre, au point que Ludovic se réjouit de cette rencontre intéressante et révise sa première impression.

Chapitre 13

Le temps passe vite. La semaine de répit de Liliane touche à sa fin. Dans deux jours, elle affrontera le plus difficile obstacle de son parcours : elle devra payer la deuxième semaine de son loyer, sinon elle se retrouvera de nouveau dans la rue.

Ce matin, profitant de l'absence de Céline, elle reste dans sa chambre un peu plus tard et continue à réfléchir sur la précarité de sa situation. Soudain, on frappe à sa porte.

— Qui est là ? demande-t-elle.

— Votre ami, répond une voix masculine.

— Je n'ai pas d'ami ici. Qui vous autorise à venir jusqu'à ma chambre ?

— Ne vous inquiétez pas, madame. Je ne vais pas vous manger. D'ailleurs, je ne l'ai pas fait l'autre soir, précise l'homme.

Liliane comprend alors qu'il s'agit de Toutrien. « Mais que vient-il faire ? se demande-t-elle. De toute façon, je ne peux pas le repousser. C'est grâce à lui que je n'ai pas dormi dans la rue. »

— Monsieur Toutrien ! s'exclame-t-elle.

— Vous avez reconnu ma voix. Vous n'êtes pas une femme ingrate.

— Vous avez raison, répond Liliane. Je n'oublie jamais mes bienfaiteurs... J'arrive dans un instant ; attendez-moi au salon.

— Mais pourquoi pas ici ?

— Non, monsieur Toutrien, je ne peux pas vous recevoir dans ma chambre.

— D'accord, ma chérie, j'accepte. Je suis un homme patient...

Liliane a deviné l'intention du courtier de Céline, qui profite de son absence pour exécuter le scénario conçu par la patronne elle-même. En effet, ayant découvert en Liliane un investissement intéressant pour son business, Céline a décidé de la garder dans son giron pour exploiter ses atouts. Mais cette jeune femme à la personnalité affirmée paraît difficile à manipuler. Aussi Céline utilise-t-elle un stratagème pour la placer dos au mur et l'acculer à accepter n'importe quelle offre.

Liliane rejoint son visiteur au salon. Aussitôt qu'il la voit arriver, il accourt pour l'embrasser, mais elle esquive adroitement l'étreinte en lui tendant la main et en l'invitant immédiatement à s'asseoir sur le canapé juste en face.

— Monsieur Toutrien, vous m'avez déposée dans cette maison comme un paquet et n'êtes jamais revenu me voir, dit Liliane sur un ton de reproche.

— Chaque chose en son temps, mon amie... Mais je suis venu aujourd'hui, et vous ne m'avez pas reçu.

— Mais comment voulez-vous être reçu ? reprend Liliane courtoisement.

— Vous n'avez pas compris ma déclaration lorsque je vous ai dit d'oublier votre ami.

— Je ne comprends toujours pas.

L'autre, feignant de ne pas entendre, continue :

— Avez-vous enfin trouvé votre ami, chère madame ? Avez-vous réussi à lui parler ?

Liliane reste silencieuse, un peu confuse. Pensant alors qu'il a touché une corde sensible, Toutrien n'hésite pas à augmenter la pression.

— Je vis peut-être de la rue, mais je ne dors pas dans la rue. Il y a tout ce qu'il faut chez moi pour entretenir une femme élégante.

Pendant que l'homme divague, Liliane le regarde avec dédain, le cœur gonflé d'indignation. Alors, une foule d'idées émerge de son subconscient et la ramène dans son passé. Elle revoit la silhouette de cette jeune fille attrayante et fière qui ensorcelait ses nombreux et prestigieux courtisans, toutes les demandes en mariage qu'elle a refusées, ces nombreuses années d'abstinence sexuelle volontaire. Elle se rappelle sa rencontre avec Laurent, le seul homme qui serait actuellement admis à régner sur son cœur. « Que la vie est cruelle et injuste ! » se dit-elle.

Liliane voudrait réagir brutalement à la proposition déplacée de ce coureur des rues. Mais la voix de la sagesse, une fois de plus, lui conseille de se calmer. Consciente de sa faiblesse, elle choisit de montrer de la souplesse dans son dialogue avec son grossier prétendant.

Celui-ci ne peut deviner les pensées et le sentiment de répulsion qu'elle éprouve. Au contraire, il assimile ce silence à un consentement tacite.

— Je sais que vous acceptez mon offre, dit-il. Les portes sont grandes ouvertes pour vous accueillir, dès ce soir, ma chérie... Qu'attendez-vous ?

— Alors vous me prenez pour une prostituée ? dit Liliane. Vous voulez exploiter mes difficultés.

— Comment puis-je vous exploiter en voulant vous aider ? Vous devriez considérer cela, Liliane.

— Vous me décevez, monsieur Toutrien. Je vous prenais pourtant pour un homme respectable.

— À quoi bon refuser maintenant ce que vous accepterez plus tard ?

Liliane parvient à se dominer pour ne pas offenser son interlocuteur, préférant tout simplement ignorer l'agression — ce n'est pas tout de savoir courir, il faut aussi apprendre à se cacher. Même si le courtier ne représente rien pour elle, il a les moyens de se venger en lui causant des ennuis peut-être irréparables.

— Monsieur Toutrien, je vous considère beaucoup pour ce

que vous avez déjà fait pour moi. Je vous serais encore plus reconnaissante si vous m'aidiez à trouver du travail. Je sais comment récompenser les services rendus... Et puis, qui sait ? Avec le temps...

Bien que ces paroles ne l'enthousiasment pas, l'homme ne désarme pas. Il se lève en faisant signe de partir et s'approche d'elle :

— Pourquoi ne pas commencer dès maintenant ?... Il n'y a personne.

— Non... Allez réfléchir sur ce que je viens de vous dire... Et puis respectez la maison de Céline.

En franchissant la porte, il lance ces propos menaçants :

— N'oubliez pas que l'homme de la rue peut travailler envers ou contre vous.

— Je n'en doute pas, dit Liliane. Mais pour le moment, il n'en sera rien.

Le comportement de cet homme n'a rien d'étonnant. Que pourrait-on attendre de mieux d'un homme qui a grandi dans la promiscuité de la rue ? Son agressivité illustre le comportement typique des marginaux qui saisissent la moindre occasion pour prendre leur revanche sur les préjugés de la société. Aux yeux de Toutrien, Liliane est une femme déclassée qui échoue sur son territoire. Il entend se servir d'elle pour réaliser ses fantasmes.

**

Céline rentre de voyage le soir de cette entrevue. Elle appelle aussitôt Liliane pour l'entretenir de son loyer. Sachant pertinemment les embarras financiers de sa locataire, elle évite d'aborder la question directement.

— Comment va ma Liliane ? demande-t-elle en la voyant s'approcher.

— Oh, je suis seulement contente de vous revoir. Vous m'avez beaucoup manqué.

— Je ne m'en doute pas, vous savez ? Je vous ai observée

durant toute la semaine. Vous me plaisez beaucoup, Liliane.

— Merci pour ce compliment... Savez-vous que, durant votre absence, M. Toutrien est venu ici ?

Céline feint la surprise.

— Qui s'appelle ainsi ?

— Celui qui m'a recommandée, dit Liliane.

Céline éclate de rire.

— C'est ainsi qu'il s'appelle ? Toutrien ? Quel drôle de nom ! Mais que voulait-il ? Peut-être voir son amie... Qui sait ? dit Céline en plaisantant.

— Ce n'est certainement pas pour moi, réplique Liliane. Une amitié ne se fait pas en quelques heures.

— Ne le prenez pas ainsi, je plaisantais. Maintenant, parlons sérieusement... Une nouvelle semaine va commencer. Quel est votre plan ?

— Vous devez sans doute deviner mon problème... répond Liliane timidement. J'ai l'intention de vous demander un service.

— Allez-y, ma chérie.

Céline s'approche d'elle :

— N'hésitez pas à vous confier à moi. Je suis disposée à vous aider.

— J'en ai juste pour deux jours, dit Liliane.

Céline se contente de l'écouter en faisant semblant de s'attendrir.

— C'est vrai ! dit-elle en soupirant. Les temps sont durs pour les immigrants. Personne ne veut se risquer à les aider. Mais dans la vie, ma chérie, il faut consentir à quelques sacrifices... Vous êtes différente de certaines femmes que j'ai rencontrées... Vous êtes une personne réservée... peut-être engagée... Je ne sais pas tout de vous. Mais souvent, en voulant tout conserver, on finit par tout perdre... La pudeur, ma fille, est une bonne chose, mais...

Sans lui donner le temps d'achever sa phrase, Liliane intervient :

— Je sais où vous voulez en venir, Céline. En venant frapper à ma chambre durant votre absence, votre courtier m'a préparée à cette issue.

— Oh... interrompt Céline. Qu'est-ce qu'il est venu faire dans votre chambre ?

— Vous êtes bien placée pour le savoir, réplique Liliane. Ce n'est pas la première fois que vous recevez des femmes qu'il vous recommande. Il cherche peut-être en moi ce qu'il a trouvé chez d'autres.

À ce moment, Céline change de ton.

— Bon, cette histoire ne me regarde pas. C'est une affaire d'homme et de femme. Et puis je voulais vous aider à résoudre votre problème. Débrouillez-vous, maintenant.

Liliane passe tout l'après-midi à méditer sur le destin de l'immigrant, et surtout de l'immigrante. On ne devrait pas condamner sans appel les femmes qui se prostituent. « Qu'est-ce qui m'empêche de tomber maintenant ? » s'interroge Liliane.

Pendant qu'elle prend son bain, elle entend des pas dans le couloir. Quelques secondes plus tard, quelqu'un frappe à la porte. C'est Céline, tout sourire, qui l'attend.

— Comment, ma chérie ? Vous ne voulez pas recevoir votre amie ?

— Pourquoi pas ? répond Liliane. Je suis déjà dans la rivière, le courant est fort, et je ne sais pas nager.

— Vous me semblez bien susceptible, ma fille ! remarque Céline avec un accent tout maternel. Je vous comprends très bien, Liliane... et surtout je vous respecte. Mais j'ai certainement plus d'expérience que vous dans la vie. C'est pourquoi je veux vous aider.

— Je sais que je suis vulnérable, mais je ne veux pas être aidée à n'importe quel prix.

— Bien. Le temps passe vite. Cessons de piétiner. Vous savez que c'est votre dernière nuit ici.

Liliane ne répond pas. Céline continue :

— Commencez par me payer les deux jours supplémentaires... Pour la suite, on verra.

Liliane tire de sa bourse cinquante dollars et les tend à Céline, qui ajoute :

— Maintenant, une bonne nouvelle pour ma chère Liliane ! Désormais, plus besoin de vous inquiéter : je vous ai trouvé du travail !

— Comment est-ce possible ? Je n'ai pas de papiers.

— Je vous donne mon secret ! dit Céline, triomphante. Je n'abandonne jamais les gens que j'apprécie... J'ai beaucoup lutté pour vous trouver cet emploi !

— Merci, dit Liliane. Je vous en suis reconnaissante.

— Vous travaillerez légalement tout en restant clandestine, précise Céline. Mais cela n'a pas été facile... J'ai loué l'identité d'un assuré social. La personne vous donnera son nom et vous devrez payer pour l'utiliser à votre profit.

Chapitre 14

Même si les conditions lui paraissent sévères, Liliane se résigne à accepter le maigre reliquat qui lui reviendra après diverses déductions, réalisant que personne dans sa situation ne peut échapper à l'exploitation.

— Quand vais-je commencer ? J'ignore comment me diriger à travers la ville...

— Ne vous inquiétez de rien, dit Céline. Votre guide... Comment vous l'appelez déjà ?... Ah, oui ! Toutrien ! Quel drôle de nom ! dit-elle en éclatant de rire. Eh bien ce monsieur se chargera de vous pendant un certain temps.

Remarquant que Liliane fait un peu la moue en entendant le nom de son courtier, Céline lui donne une petite tape amicale sur l'épaule :

— N'ayez pas peur des garçons, ma chérie. Un jour ou l'autre, vous aurez un ami. N'êtes-vous pas une femme normale ?

— Si, madame... mais...

— Et puis vous allez changer de chambre. J'ai aménagé pour vous un espace au sous-sol. Cela vous coûtera moins cher.

Un pas vient d'être franchi dans la relation de Liliane et de Céline. Bien que la situation ne l'enchante pas, Liliane l'accepte, contrainte au réalisme et la patience.

***

Le jour suivant, Liliane et Toutrien prennent le bus pour rejoindre le nouveau lieu de travail de la jeune femme.

Après quarante-cinq minutes de trajet, ils arrivent devant un immeuble de dix-sept étages qui abrite exclusivement des bureaux et des annexes d'universités.

Le stage d'apprentissage terminé, ils reprennent le chemin du retour.

Le guide de Liliane reste silencieux, tandis que certains passagers, fatigués d'attendre l'arrivée du bus, échangent des commentaires peu flatteurs sur l'organisation des transports.

Profitant de ce climat de protestation, Toutrien murmure :

— Vous voyez la vie. Certaines personnes sont toujours prêtes à servir... Pour quelle récompense ? Le plus souvent, le mépris.

— Pourquoi dites-vous cela ? demande Liliane. Votre récompense est là. Je sais que rien ne se fait pour rien.

Sur ces mots, elle glisse discrètement une enveloppe dans sa poche.

— Vous ne comprenez pas, Liliane... Pourquoi m'insultez-vous ? Nous autres, nous ne méritons rien d'autre que de l'argent. Vous savez bien de quoi je parle... Ce n'est pas votre argent qui m'intéresse en ce moment...

— Tout vient en son temps, mon ami, lui rappelle-t-elle. Ne bousculez pas le temps. La patience nourrit l'espoir qui produit souvent un fruit savoureux.

La délicatesse et la profondeur philosophique des paroles de Liliane forcent l'homme à s'élever au-dessus des trivialités de la rue. Sa pensée trouve le langage approprié pour répondre.

— Mais, madame, très souvent l'attente trop prolongée enfante l'illusion, qui est comme l'horizon qu'on n'atteint jamais.

— L'espoir fait vivre, Toutrien. Et un beau rêve vaut mieux qu'un cauchemar effrayant.

— Non, Liliane, n'oubliez pas que l'espoir demeure stérile quand il repose sur de vagues promesses... D'ailleurs, demain n'existe pas, tout comme hier n'existe plus. C'est le moment présent qui compte.

Émerveillée par cette réplique spirituelle venant de cet homme bizarre et apparemment inculte, Liliane se garde de tout commentaire.

L'arrivée du bus interrompt leur conversation. Les passagers se bousculent pour occuper un siège convenable. Une fois assis, l'homme de la rue reprend ses considérations philosophiques.

— Nous vivons dans une société d'apparence. La vraie valeur de la personne humaine se réduit à sa façon de s'habiller, à sa position sociale, aux gens qu'elle fréquente... Pour juger un individu, on ne prend pas la peine de le connaître afin de le comprendre.

— Ce reproche s'adresse-t-il à moi ? demande Liliane.

— Non, c'est une réalité qui nous accroche... que nous subissons... Nous ne nous en rendons même pas compte. Je ne fais de reproche à personne. Ah, si vous connaissiez l'histoire de cet homme de la rue que vous repoussez...

Il retient son souffle quelques instants, puis commence à raconter son histoire. Quand sa mère est arrivée dans ce pays, les immigrants sans papiers jouissaient d'une plus grande liberté. Elle a trouvé du travail dans une usine, où elle a rencontré l'homme qui est devenu son père. Celui-ci faisait partie de l'équipe de maintenance et y travaillait depuis de nombreuses années. Malgré leur grande différence d'âge, sa mère a fini par accepter de vivre avec lui, plus par intérêt que par amour. À l'âge de dix ans, Toutrien a vu son père mourir dans un accident.

Il s'arrête un moment et devient subitement triste. Des larmes commencent à mouiller son visage. Il baisse la tête pour ne pas attirer l'attention des autres passagers.

— Que se passe-t-il ? Pourquoi pleurez-vous ? lui demande Liliane.

— Vous ne pouvez pas comprendre mes états d'âme. Vous ne pouvez pas comprendre l'intensité d'une douleur que vous n'avez jamais éprouvée.

— Qu'est-ce qui vous fait dire cela ? Vous ne savez pas que chacun de nous a « un anneau chez l'orfèvre » ? Souvent, on ne fait qu'exprimer ouvertement la souffrance que l'autre endure secrètement, dit Liliane, qui s'efforce de dissimuler son émotion.

Son compagnon soupire et secoue la tête comme s'il voulait reprocher à la vie le mauvais sort qu'elle lui a jeté. Il reprend ensuite avec la même sincérité le récit de ses malheurs, tout heureux d'avoir trouvé une auditrice attentive, car il discerne une profonde générosité derrière l'intérêt que Liliane prête à sa confession.

— Ma mère m'aimait beaucoup. Elle rêvait de faire de moi un grand homme. Elle répétait souvent que c'était une chance pour moi d'être né en Amérique et que je détenais moi-même la clef de ma réussite. J'étais comme son projet. Elle a travaillé d'arrache-pied pour me donner une solide éducation.

Mais après la mort du père de Toutrien, elle a été obligée d'accepter des heures supplémentaires pour pouvoir joindre les deux bouts. En plus des dépenses ordinaires, elle devait, comme tout immigrant, penser à ses parents restés dans son pays d'origine. Et elle ne voulait pas d'un beau-père pour son fils, de peur de blesser sa sensibilité.

Malheureusement, en voulant trop bien faire, la mère de Toutrien a oublié l'essentiel : un enfant de dix ans est trop jeune pour comprendre la portée des sacrifices économiques consentis par ses parents. C'est une phase de transition qui exige un encadrement nécessaire et intelligent. C'est le moment de le laisser se diriger par lui-même tout en le plaçant adroitement dans le sens du bon courant.

Le jeune Toutrien, malgré les bonnes intentions de sa mère, s'était engouffré dans le canal de la délinquance qui débouche fatalement sur la déchéance sociale.

***

Cette histoire passionne Liliane de plus en plus. Entre-temps, ils sont arrivés à leur station, située à cinq blocs de la maison de Céline. La jeune femme acquiesce sans réserve à la proposition de Toutrien de lui faire entendre la suite, d'autant que le temps est agréable et qu'elle n'a pas à travailler le lendemain.

— D'accord, dit-elle. Restons ici un moment.

Il lui narre alors la genèse de son aventure et les différentes étapes de déliquescence de sa vie.

— Pendant cinq ans, j'ai mené une vie de dépravé. Entraîné par de mauvais garnements, j'ai fréquenté des milieux mal famés sans que ma mère n'ait jamais soupçonné ma mauvaise conduite. Le soir, quand elle rentrait fatiguée, elle me trouvait déjà endormi. Elle repartait tôt le matin sans me voir, de sorte qu'il ne lui restait presque pas de temps pour s'occuper de moi. Parfois, nous communiquions au moyen du téléphone portable, qui est le plus grand ennemi des jeunes. Malgré son utilité, il se révèle souvent le complice idéal de leur vagabondage en leur permettant d'être partout et nulle part à la fois. Chaque fois que ma mère voulait contrôler mon activité, je trouvais toujours une réponse rassurante pour camoufler la réalité.

— Pourquoi n'avez-vous pas rompu avec cette bande ?

— Une fois que vous avez fait le premier pas, vous ne pouvez plus reculer... Vous suivez aveuglément le chemin jusqu'au carrefour fatidique.

Toutrien lui raconte alors quelques opérations risquées où il leur est souvent arrivé de frôler la mort.

L'incident le plus dramatique s'est produit le jour de sa remise de diplôme. À cette occasion, sa mère avait obtenu une semaine de congé pour préparer l'événement. Ce devait être le moment le plus faste de sa vie. Mais le destin en a fait le plus sombre. Ce matin-là, ils s'apprêtaient à partir pour la cérémonie au cours de laquelle Toutrien allait recevoir un prix pour sa performance sportive. Il était bien disposé à jouir de ce rare moment de bonheur en compagnie de sa mère. Soudain, ils ont entendu un « toc-toc » sur leur porte. Toutrien s'est mis à trembler devant l'officier de police qui se présentait. Il pensait qu'on venait l'arrêter à cause d'une récente affaire louche à l'actif de son groupe. Au contraire, l'officier avait pour mission d'investiguer sur le statut de sa mère qui, incapable de justifier de la légalité de sa présence dans le pays, s'est vue condamnée à l'expulsion.

Liliane écoute ce récit avec un profond intérêt. Elle se retrouve même dans nombre de ses fragments, qui la font frémir par instants. Une vague d'indignation l'envahit en pensant à l'injustice de cette expulsion. D'après elle, cette femme n'a commis aucun crime. Au contraire, elle a contribué à façonner cette communauté en l'enrichissant culturellement et économiquement. Pourquoi devait-on la déporter ?

— Pourquoi ont-ils attendu tant d'années avant de prendre cette mesure ? demande-t-elle.

— L'immigrant sans papiers est à la merci de tous les caprices. Il vit au jour le jour, et ne dispose d'aucun recours contre l'injustice et l'exploitation. C'est une question de chance plus que de temps.

— Que lui est-il arrivé au juste ?

— Elle a été victime de la malveillance d'une compatriote qui a refusé de lui rembourser une importante somme d'argent que ma mère lui avait prêtée. À la suite d'une altercation, sa débitrice a choisi de la dénoncer à l'Immigration.

Ainsi, à l'âge de dix-huit ans, Toutrien, séparé de sa mère, a dès lors commencé à affronter les affres de la vie. Il a totalement intégré sa famille de la rue, où il s'est vu confier de plus en plus d'opérations criminelles. Pendant deux ans, il n'a eu aucune nouvelle de sa mère. Il a continué de s'enfoncer dans cet environnement marginal. Au cours d'une descente, il a été arrêté avec quelques membres de la bande et condamné pour meurtre à dix ans de prison.

— Comme vous voyez, Liliane, les circonstances déterminent

souvent le cours de l'existence d'un individu.

— C'est vrai, répond-elle avec une certaine émotion.

Comme il se fait tard, elle lui propose de continuer la conversation en marchant.

— Qu'avez-vous fait après votre libération ?

— Quand j'ai quitté la prison, à l'âge de trente ans, je me suis trouvé dans la même situation qu'avant mon incarcération : sans famille pour faciliter ma réinsertion dans la vie normale, dépourvu d'expériences de travail, détenteur uniquement d'un certificat d'antisocial. J'ai alors vécu un nouveau calvaire. Je suis tombé pour de bon dans la rue, mon espace de travail, qui me livre tous ses secrets et conditionne ma vie. Un jour, la voiture de Céline est tombée en panne dans un de ces quartiers dangereux. Sentant qu'elle était paniquée, je me suis approché d'elle et lui ai offert mon aide. Pour me récompenser de ce service, elle m'a engagé pour ce boulot dans lequel je patauge depuis dix ans. À quarante ans, Liliane, je me sens comme un rebut... un déchet.

— Ne raisonnez pas ainsi, mon cher. Chaque individu a ses problèmes. Vous êtes encore jeune, vous pouvez vous rattraper.

— Je suis tombé si bas que je ne vois pas comment je pourrais m'en tirer. Je ne me sens pas capable de le faire tout seul.

Toutrien réfléchit un moment.

— L'autre jour, lorsque je vous ai rencontrée sur la place, j'ai cru voir ma mère à travers vous... J'ai transféré sur vous l'amour que j'ai pour elle. Vous lui ressemblez tellement !

— Eh bien, Toutrien, je serai votre mère, dit Liliane en lui donnant une tape affectueuse sur l'épaule.

Ils continuent à marcher sans dire un mot jusqu'à la maison de Céline. Dès que la patronne les voit, elle s'exclame :

— Je commençais à m'inquiéter ! Je pensais que vous étiez perdus !

Avant de se séparer de son guide, Liliane lui glisse à l'oreille :
— Merci, Toutrien. Tout ce que vous venez de me dire restera entre nous.

Ce geste amical n'échappe pas à Céline qui se garde de tout commentaire. Connaissant à présent les faiblesses de la jeune femme, elle peut la faire plier à sa guise, en utilisant soit l'arme du ventre, soit celle de l'illégalité.

Liliane passe une bonne partie de la nuit à faire le bilan de sa journée. Son entretien avec le courtier lui a fourni beaucoup d'éléments stratégiques pour décourager ce courtisan encombrant, bien qu'elle soit consciente de la précarité de sa situation. Elle sait qu'elle doit se conduire avec intelligence pour déjouer la perfidie de Céline, qui détient la clef de son destin.

Chapitre 15

La vie s'écoule comme à l'ordinaire. Des relations de plus en plus cordiales se développent entre les deux femmes. Céline multiplie les gestes d'amitié pour mettre Liliane en confiance et l'introduit même dans le cercle de ses amis.

De son côté, la jeune femme s'applique à son travail tout en se montrant très prudente pour ne pas compromettre sa fausse identité. Pendant quelque temps, Toutrien continue à l'accompagner. Cependant, depuis sa confession, il a changé de comportement, comprenant sans doute qu'une saine amitié est plus profitable qu'un amour non partagé.

Mais après deux semaines de travail, Liliane n'a toujours pas été payée. Elle décide donc de demander des explications à Céline, qui lui répond :

— Vous savez que le chèque de votre salaire ne peut être libellé à votre nom. Après les déductions, vous saurez ce qui vous revient.

— Je n'ai rien reçu du tout cette semaine, dit Liliane.

— Écoutez, Liliane, rien n'est facile dans la vie... Considérez que vous êtes assise chez vous... Vous avez du travail sans avoir à vous déplacer. Vous pensez que c'est simple ?

Après quelques secondes de silence, elle ajoute :

— La première semaine servira à couvrir les frais. Et puis, sachez-le une fois pour toutes, vous accepterez ce que je vous donne... J'assume la gestion de cette affaire.

La réaction de Céline ne surprend pas vraiment Liliane qui vient de vivre une expérience similaire avec les Vol Mar. Elle a déjà compris que l'exploitation obéit à des normes universelles et qu'il n'y a que des nuances dans sa mise en œuvre. Elle ne va donc pas provoquer un scandale inutile. D'ailleurs, elle considère avoir fait un grand pas vers la liberté, de la villa des Vol Mar au petit immeuble de Céline. Elle accepte donc la proposition de son hôtesse, optant pour la sagesse et la patience.

— D'accord, je comprends, dit-elle. Faites comme vous l'entendez.

Dès que Liliane reçoit son premier reliquat, elle envisage de remplacer son poste de radio, qu'Émilie Vol Mar a détruit et qui l'a aidée à s'échapper de ses griffes. Elle tient à rester en contact avec les programmes communautaires qui lui ouvrent les yeux sur la réalité.

***

Céline admire Liliane pour son entregent et sa docilité. Elle la trouve même trop timide. C'est elle qui la force à rester en sa compagnie quand ses amis viennent la voir. Toutefois, elle ne se fait pas d'illusions, devinant une certaine feinte dans cette réserve.

Après deux mois de travail, Céline lui fait la suggestion suivante :

— Ma chère Liliane, j'ai une bonne nouvelle pour vous.

— Décidément, vous ne cesserez de me gâter avec vos surprises ! répond Liliane avec un large sourire. Quoi de nouveau, Manmie ?

— Non, non, n'allez pas trop vite ! Ce n'est pas encore la grande surprise...

— Eh bien, je vous écoute.

Pour mieux l'amadouer, Céline a décidé de révéler à Liliane une tranche de sa vie.

Après une dispute avec ses parents à cause d'un petit ami, elle a abandonné la maison familiale. Son petit ami l'a quittée après trois ans de cohabitation. Elle a passé un certain temps à végéter jusqu'à ce qu'elle trouve du travail dans un hôtel-restaurant où elle s'est rapidement élevée au poste de chef de service, chargée de la gestion du personnel. Un jour, un client de l'hôtel, un homme d'affaires dont elle a fini par devenir la maîtresse, s'est intéressé à elle et lui a offert un emploi plus rémunérateur qui lui a ouvert les portes de la réussite.

Même si Céline ne dévoile pas tous les détails de sa vie, ces révélations devraient raffermir la confiance de sa locataire en elle.

— Vous voyez, Liliane, comme je vous considère... C'est la première fois qu'une locataire entend ces confidences.

— Je suis sensible à cet honneur.

— Écoutez, Liliane, personne ne doit savoir cette histoire... pas même Toutrien.

— Oh, Céline ! De toute façon, cet homme n'est pas mon ami. Par contre, il est votre protégé.

— Mon amie, je ne fais que vous rappeler que mon courtier ne doit pas être au courant de ma vie privée... Et puis vous êtes une femme de goût, je suppose ?

— Bien. Quelle est cette nouvelle ?

— Vous savez, mon amie, que votre situation est toujours précaire. Il faut donc penser dès maintenant à vous stabiliser.

— Mais comment faire ? demande Liliane.

— Vous devez commencer à économiser de l'argent pour acheter votre résidence, lui conseille Céline.

— Je ne peux rien économiser pour le moment, avec ce maigre salaire. Et puis, je n'ai pas accès à la banque.

— Ne vous inquiétez pas sur ce point. Vous déposerez votre argent sur mon compte personnel... Au moment opportun, je chercherai une affaire pour vous... Vous savez que Céline tient toujours ses promesses !

Liliane ne réagit pas immédiatement. Elle est au courant des complications qui résultent de ce genre de transactions et empoisonnent souvent les relations entre partenaires. Cependant, elle s'abstient de commentaires pour ne pas froisser Céline qui pourrait considérer toute remarque comme une preuve de méfiance. De son côté, celle-ci, devinant la pensée de Liliane, anticipe sa réponse :

— De toute façon, la loi oblige les gens à déposer leur argent dans une banque.

Liliane s'efforce de jouir pleinement de son autonomie. Elle a transformé le sous-sol en un appartement propre et attrayant. Sur les murs sont accrochés ses tableaux préférés : une imposante image de Notre Dame du Perpétuel Secours, la patronne de son pays, juste à côté d'une photo de sa fille qui la fait pleurer chaque fois qu'elle la regarde, et quelques photos d'artistes qui complètent le décor.

Dans un coin à proximité de son lit, trônant sur une petite table de chevet, son radiocassette lui fait entendre la musique de son pays natal.

À l'exception de la maîtresse de maison, Liliane ne reçoit personne dans sa chambre, dont elle sort seulement pour aller au travail. Une fois de retour, elle s'adonne à son programme d'éducation communautaire devenu un bréviaire quotidien qu'aucune urgence ne saurait l'empêcher de suivre.

Ne dépendant plus de personne pour ses déplacements, elle quitte parfois la maison plus tôt pour se donner le temps d'explorer la ville. Son langage même s'améliore sensiblement, avec l'aide généreuse de sa collègue de travail, qui lui a spontanément offert son amitié. Souvent, elle lui permet même de travailler pendant des heures supplémentaires, véritable aubaine qui lui permet d'arrondir les fins de mois. Liliane parle peu, pour ne pas trahir sa situation. Sa simplicité et sa franchise la rendent sympathique et inspirent confiance.

Chapitre 16

Liliane continue à mener sa petite vie en compagnie de Céline, qui tire avantage de sa présence dans la maison. Certains de ses invités de marque, qui se sont éloignés depuis quelque temps, commencent à réapparaître timidement. Liliane affiche un comportement courtois, ne repoussant personne tout en se protégeant de toute aventure. Cette attitude lui permet d'observer et de comprendre les gens sans laisser transparaître ses problèmes.

Maintenant qu'elle a un pied-à-terre, elle veut se lancer à la recherche de sa fille. Elle a même réussi à rétablir le contact avec un cousin resté au pays.

Ce jour-là, Liliane achète deux cartes téléphoniques, estimant que la conversation va être longue. Elle a tant d'informations à recueillir : des nouvelles de ses anciens voisins, de Mme Joseph en particulier, le récit complet des événements liés au désastre qui a saccagé son pays, le sort de ses parents et de sa fille Rachel.

Quand elle entend enfin la voix de son cousin au bout du fil, son cœur s'ouvre comme un bouton de rose qui vient d'éclore et attend la fraîche rosée du matin.

— Allô ? Allô ? Allô ? crie-t-elle trois fois, comme si elle craignait que la communication ne soit interrompue. Allô, cousin ? C'est moi, Liliane ! Liliane Lespérance, votre cousine !

— Oh, Liliane ! répond le cousin. Cousine Lilie ! Est-ce vrai ce que j'entends ? Quelle surprise, cousine Liliane !

— Oui, c'est cousine Liliane, bien vivante, en chair et en os, cousin !

— Oh, mon Dieu ! Quelle bonne nouvelle ! Mon songe est accompli ! Croyez-moi si vous le voulez, chère cousine, mais je vous ai vue en songe avant-hier soir... Vous traversiez une rivière en crue. Arrivée sur l'autre rive, vous vous êtes rendu compte que Rachel était restée... Elle criait : « Maman, maman, maman ! Ne me laisse pas seule ! J'ai peur... Reviens me chercher ! » J'ai vu un passeur plonger dans la rivière, mais je ne sais pas ce qui est arrivé... Oh, cousine, je n'espérais pas vous entendre un jour !

— Heureusement, ce n'est pas un mauvais songe. La rivière est sale et vous avez vu le danger. Ce n'est pas un mauvais songe, répéta Liliane.

Pendant que son cousin parle, Liliane se sent comme un bébé qui reprend sa place dans le ventre de sa mère. Il lui semble sentir l'odeur nauséabonde des égouts béants, revoir les montagnes de détritus tassés ici et là sur la voie publique... Elle voit défiler le film de la misère de ses compatriotes, condamnés sans rémission possible à cause du péché originel commis par leurs ancêtres qui ont osé défier les dieux de l'esclavage. Depuis six ans, elle n'a pas entendu la voix de son pays. À ce moment, son cousin, tel un cordon ombilical, favorise sa réinsertion dans le sein de la mère-patrie.

Une profonde émotion envahit tout son être. Ses oreilles deviennent sensibles au moindre bruit. Elle entend réellement le chant d'un coq qui annonce l'aurore d'une journée nouvelle et symbolise, pour elle, le retour du soleil de la justice. Elle pense immédiatement à l'un des coqs de combat de Plésius, son ancien voisin. Il y a longtemps que Liliane n'a pas assisté à un combat de coqs, bien plus moralement acceptable que le spectacle offert sur des rings par des êtres humains. Le jappement lugubre d'un chien retient aussi son attention ; peut-être est-ce un de ces chiens errants, anonymes comme leurs maîtres. Même l'écho confus d'une dispute entre marchandes arrive jusqu'à elle à travers le téléphone.

— Eh, bien, cousine Liliane, que s'est-il passé ? continue le cousin. Personne n'a jamais eu de vos nouvelles depuis votre départ... Malgré la tragédie qui a frappé notre village et emporté nos parents, vous n'avez pas donné signe de vie. Les vieux sont partis sans enterrement. La petite Rachel, votre fille, on ne sait pas ce qu'elle est devenue. On dit qu'elle a été recueillie par un groupe d'étrangers... Recruteurs sans frontières, je crois qu'ils s'appellent...

Liliane écoute son cousin sans l'interrompre. Bien que le reproche ne soit pas juste, elle apparaît quand même coupable. Tous les faits forment une couronne d'épines enfoncée sur sa tête innocente. Elle reste donc silencieuse, incapable de se défendre. Mais son cousin, le procureur du moment, n'arrive pas à pénétrer la profondeur de la tristesse de sa cousine. Face à face, le silence est comblé par le langage du corps, mais par téléphone, c'est le gouffre absolu. Le cousin n'entend pas perdre le fil de la communication, rompue depuis si longtemps.

— Allô ? Allô, cousine, vous m'entendez ? crie-t-il.

— Oui, cousin, je vous entends.

— Les gens disent aussi que vous êtes peut-être morte au cours de la traversée ou gardée en prison.

— Heureusement, cousin, dit Liliane, je ne suis pas morte. Quant à la prison, j'en suis peut-être sortie. En tout cas, vous entendez ma voix aujourd'hui. J'espère qu'il n'y aura plus d'interruption.

— Je l'espère fermement, cousine.

— Maintenant, donnez-moi votre adresse. Vous recevrez bientôt un transfert, ajoute Liliane.

— Merci d'avance, cousine... Savez-vous que j'ai vu cela aussi dans le songe ?

Son cousin fit alors le récit détaillé des événements. Les inondations ont duré trois jours entiers et les eaux boueuses ont englouti le corps de ses parents. Le mauvais temps a même surpris dans la région l'équipe de Recruteurs sans frontières qui a recueilli et pris Rachel en charge.

Cette fillette de dix ans a intégré le groupe de jeunes gens que cette association recrute dans les pays frappés par des catastrophes de ce genre. Ils constituent une pépinière précieuse pour le renouvellement du personnel artistique de cette organisation. Beaucoup de ces organisations agissent sous le couvert de la philanthropie pour réaliser leurs combines. Elles s'intéressent surtout aux jeunes, qui perdent vite leur identité et arrivent même, après une longue période de captivité, à oublier leurs parents biologiques. Alors, sans défense, ils sont exposés à toutes formes de prostitution et à des abus divers.

Depuis six ans, Rachel évolue au sein de Recruteurs sans frontières, où elle vit dans un cauchemar permanent. Le spectacle tragique de la destruction de son village l'a profondément traumatisée. Et elle a surtout gardé en mémoire les images macabres des cadavres charriés sous ses yeux par les eaux en furie.

Pendant que sa mère subissait, chez les Vol Mar, l'humiliation et l'exploitation, elle a fait le bonheur de Recruteurs sans frontières sous une autre forme d'asservissement. Elle pense continuellement à Liliane et n'arrive pas à dissiper sa tristesse, malgré l'opulence qui l'entoure. Car elle a réalisé que ses maîtres l'entretiennent comme un simple outil, qu'ils abandonneront une fois qu'ils se seront pleinement abreuvés à sa jeunesse. Alors, à l'instar de ses aînées, Rachel sera engagée dans de nouvelles activités correspondant à sa maturité.

Sa conversation avec son cousin réconforte Liliane et lui donne des raisons de croire à d'éventuelles retrouvailles avec sa fille. « Il n'y a que les montagnes qui ne peuvent pas se rencontrer », se dit-elle.

***

Excitée à l'idée que sa fille soit vivante, Liliane se prend à imaginer une stratégie pour la retrouver. Son cousin s'engage à investiguer sur l'identité de l'association afin de pouvoir la localiser. Mais cette première démarche échoue parce que Recruteurs sans frontières ne figure dans aucun registre officiel. Grâce à leur statut privilégié et au support de leur puissant pays d'origine, ces organisations jouissent d'une immunité tacite dans les pays où elles opèrent. Elles ne s'inquiètent guère du contrôle des autorités locales, qui ferment les yeux sur leurs activités. Elles exploitent ainsi cruellement et impunément ces populations fragilisées par toutes sortes de privations.

Aucun des plans testés par Liliane ne lui paraît adapté, compte tenu des précautions à prendre face à l'Immigration. Ne voulant pas prendre trop de risques, elle décide de s'en remettre à Toutrien qui a visiblement changé sous son influence. Elle a réussi à le convaincre que tout être humain est capable de se transformer et qu'il suffit de vouloir se relever après avoir chuté. La générosité et la gentillesse de Liliane l'ont donc positivement marqué.

Un jour, au cours d'un entretien, il lui demande :

— Mais pourquoi traitez-vous avec tant de respect un homme que vous n'aimez pas ?

— Tout être humain mérite d'être traité avec respect, quelle que soit sa condition. Et puis, quand vous ai-je dit que je ne vous aimais pas ?

— Alors, pourquoi m'avez-vous repoussé l'autre jour quand je vous ai invitée chez moi ?

— Quel était votre désir à ce moment-là ? demande Liliane. Avoir une belle femme dans votre lit, profiter de ses difficultés pour satisfaire votre instinct de mâle... et puis courir les rues pour aller raconter à vos amis vos exploits. « Hé ! Je l'ai eue, celle-là aussi ! »

— N'en parlons plus, c'est du passé... Tournons la page.

— C'est vous qui avez remué les cendres. Peut-être la flamme n'est-elle pas tout à fait éteinte, dit Liliane.

Après un moment de silence, elle ajoute :

— Avez-vous de la considération pour moi, Toutrien ?

— Je viens tout juste de vous exprimer ma reconnaissance pour votre générosité.

— Laissez-moi alors vous dire une chose... L'acte sexuel n'est pas aussi banal que vous le croyez, vous autres les garçons. Vous pouvez coucher avec une femme différente chaque jour sans avoir jamais couché avec elle. Que pensez-vous d'un homme qui fait l'amour avec une femme allongée dans la glace de la morgue ? Quel plaisir en retire-t-il ? L'acte sexuel n'est pas unilatéral. L'homme et la femme doivent coucher l'un avec l'autre. Apprenez-le une fois pour toutes, mon ami.

Après une pause, Liliane continue :

— Quand un homme couche avec moi, je veux en faire un événement. Je dois pouvoir m'en souvenir, comme cela m'est arrivé il y a seize ans.

— Où est cet homme chanceux ? Est-il toujours dans votre vie ?

Liliane réfléchit un instant, se demandant si elle doit révéler l'existence de sa fille. Finalement, elle répond :

— Il est toujours dans ma vie à travers notre fille... Mais il ne couchera jamais plus avec moi parce que ce ne serait qu'un fait banal.

— Vous m'avez appris beaucoup de choses, aujourd'hui. Ma mère me racontait que c'est la nécessité qui l'avait jetée dans le lit de mon père. Je comprends à présent pourquoi elle me dorlotait : elle avait transféré sur moi l'amour qu'elle ne lui avait jamais donné... Mon père avait seulement couché avec elle. Il n'y avait rien eu de solennel dans cet acte.

Il s'arrête un moment.

— Je ne sais pas ce qu'elle est devenue... Et quant à moi, je traîne dans la rue comme une épave.

À ce moment, des larmes commencent à couler de ses yeux. Liliane se lève, le prend dans ses bras pour le consoler, puis sèche son visage.

— Votre mère n'est pas morte, lui dit-elle. Vous la reverrez un jour... Moi non plus, je ne sais pas où se trouve ma fille.

C'est la première fois depuis vingt ans que Toutrien a ressenti la chaleur de la tendresse féminine. L'altruisme de Liliane lui a inspiré ce geste magnanime qui empêche son compagnon de se noyer dans ses sombres souvenirs. Elle se souvient alors qu'elle a eu la vie sauve grâce à l'empressement et à la vigilance de Laurent. Elle ne fait que rendre ce qu'elle a reçu. Cependant, elle réalise immédiatement qu'elle est dans sa maison. Pour ne pas ranimer ses sentiments mal éteints, elle écarte doucement sa tête de la poitrine de Toutrien et décide de prendre congé de lui.

Comme elle franchit la porte, il lui demande :
   — Comment s'appelle votre fille ?
   — Rachel, lui répond-elle.

***

Six mois se sont écoulés depuis que les Vol Mar ont renvoyé Liliane. Elle avance lentement et prudemment sur le sentier de la liberté. Contrairement à ce que souhaitaient ses anciens patrons, elle a su déjouer toutes les embûches. Malgré leur malveillance, elle ne peut s'empêcher de penser à eux. Elle déplore la faiblesse de M. Vol Mar, qui s'est laissé manipuler par sa femme au point de prendre des décisions irréfléchies. Elle n'a pas non plus oublié Lover, ce bon chien qui flairait ses déboires et lui exprimait à sa manière sa sympathie. « Pauvre bête ! » se dit-elle. Quant à son ami Ludovic, elle ferait tout pour le voir et le remercier de sa bienveillance et de sa courtoisie. Lui seul, peut-être, pourrait l'aider à sortir définitivement de l'impasse.

En tout cas, elle se sent redevable envers Céline, qui lui a permis de survivre jusqu'à ce jour et qui demeure son unique planche de salut.

Céline, de son côté, tombe sous l'emprise de la personnalité de sa locataire, dont la vie privée demeure jusqu'ici un mystère. Elle remarque particulièrement que Liliane semble se complaire dans son célibat, puisqu'elle s'abstient de répondre aux alléchantes avances de certains visiteurs pourtant prestigieux.

Chapitre 17

Déterminée à lui arracher quelques confessions, Céline a proposé à Liliane une excursion à la plage. Le car roule depuis un bon moment. Pas le moindre chuchotement indiquant la présence de cinquante passagers dans le véhicule. Certains sommeillent, d'autres lisent — ou font semblant de le faire. Intriguée par ce comportement bizarre, Liliane interroge son amie :

— Comment expliquer ce lourd silence au milieu d'une cinquantaine d'êtres humains ? Je trouve étrange cette absence de chaleur dans une société civilisée.

— C'est une question de culture. Dans ce pays, chacun s'occupe de ses affaires, personne ne se soucie de l'opinion des autres.

Liliane promène son regard sur tout le groupe, essayant de pénétrer la pensée de chacun. Céline en profite alors pour faire un point :

— Vous voyez, cette conception individualiste de la vie libère les gens de certaines contraintes.

Elle marque une pause avant de reprendre.

— Vous devriez en tenir compte, Liliane.

— D'accord. On verra cela... Mais n'oubliez pas que les habitudes ne meurent pas du jour au lendemain.

— Vous avez parfaitement raison.

Elles arrivent enfin sur la plage, déjà occupée par quantité de baigneurs. Une brise fraîche tempère l'ardeur des rayons du soleil qui monte majestueusement dans un ciel presque sans nuages. Les deux amies se dirigent vers un coin, se déshabillent, puis commencent immédiatement leur baignade. Le temps est merveilleux, aujourd'hui. Ni trop chaud ni trop froid. Céline ressort la première de la mer, suivie de près par Liliane.

Au fur et à mesure que celle-ci se rapproche, les yeux de Céline se plissent de concentration comme si elle ne voulait manquer aucun détail de la gracieuse et féerique apparence de sa compagne.

Les cheveux noirs de Liliane ondulent sous le souffle léger de la brise marine. Ses yeux, légèrement enfoncés dans leurs orbites sous l'effet de l'eau de mer, expriment la majesté de sa beauté et révèlent une profonde sensualité. Ses seins, protégés par un mince soutien-gorge, ressemblent à deux collines jumelles dont les sommets ont échappé à l'usure des caresses. Ils surplombent la vallée qui débouche sur un nombril semblable au cratère d'un volcan endormi. Et puis, la région deltaïque du bas-ventre, hermétiquement fermée, évoque le royaume de Vénus, source intarissable de volupté. Céline contemple avec convoitise cette peinture vivante.

Liliane ne remarque pas l'attention que celle-ci lui porte. Elle s'allonge auprès d'elle, le visage tourné vers le ciel et les yeux protégés par des lunettes de soleil. Alors, Céline soupire et murmure à son oreille :

— Quel dommage que je ne sois pas un homme ! Tout mon corps de femme s'ébranle en ce moment.

— Quelle est cette histoire ? demande Liliane.

— Écoutez, Liliane, entre femmes, nous pouvons partager nos petits secrets... Pourquoi êtes-vous si réservée ? Depuis six mois que vous vivez ici, vous ne manifestez aucun intérêt pour les hommes. Que se passe-t-il ?

— En quoi ma vie intime vous intéresse-t-elle ? Quelle était votre intention en m'amenant ici ?

— Je n'ai aucune intention particulière... Je pense seulement qu'une femme comme vous ne devrait souffrir de rien.

Vous portez en vous une richesse inestimable.

— Qu'est-ce que vous racontez ? demande Liliane, un peu énervée.

— Depuis quand n'avez-vous plus fait l'amour, Liliane ? Qu'est-ce que vous avez à cacher à votre âge ?

Au lieu de répondre, la jeune femme se redresse légèrement et, s'appuyant sur son bras gauche, elle fait un mouvement pour éloigner un lézard qui rôde autour d'elle.

Céline insiste :

— J'ai vu sur le mur de votre chambre, à côté de l'image de Notre Dame, une jolie fillette. C'est votre petite sœur ?

— Quelle drôle de femme vous êtes, Céline ! Non, c'est ma fille. Je ne l'ai pas vue depuis six ans. Elle doit en avoir seize, à présent. Elle est ma seule préoccupation pour le moment. Êtes-vous satisfaite ?

Liliane se met brusquement debout, enfile sa jupe et s'éloigne. Elle n'affecte pas de fausse pudeur. Elle a depuis longtemps détecté certaines anomalies dans le comportement de Céline. Ses gestes et son langage trahissent un certain penchant pour l'homosexualité. C'est pourquoi Liliane évite le plus possible de la recevoir dans sa chambre. Elle vient donc d'obtenir la confirmation de son soupçon.

Mais Céline sait comment calmer le jeu. Elle se déplace, elle aussi, et continue à lui faire la cour.

— En quoi Manmie a-t-elle choqué sa fille ? Vous êtes trop susceptible, Liliane. C'est la seule chose que je vous reproche. Ne vous compliquez pas la vie, ma chérie.

— Vous voulez dire que l'on doit sacrifier ses convictions, juste pour ne pas compliquer la vie ? Je suis satisfaite de ma façon de vivre. Ma fille est mon unique préoccupation.

— En quoi cela peut-il nuire à votre cœur ? Il faut vivre pleinement sa vie, Liliane. Je vous comprends... Vous n'aimeriez pas prendre un risque en vous engageant avec un homme.

Céline hésite, puis reprend :

— Il y a mille façons de s'adonner au sexe.

La regardant du coin de l'œil, elle ajoute :

— Vous ne voyez pas combien je vous aime ?

Liliane retire sa main de la sienne et s'écarte légèrement.

— Non, dit Céline. Ne pensez à rien de négatif... Je veux vous faire comprendre que vous portez en vous une charge sensuelle intense. Votre équilibre mental est menacé, ma fille.

Liliane écoute en silence la leçon de Céline et se sent même ébranlée par la logique de son discours. Car il lui arrive souvent d'expérimenter la révolte de ses sens, que la raison finit chaque fois par étouffer. En effet, depuis la naissance de Rachel, il y a seize ans, elle a choisi de s'abstenir de toute activité sexuelle. Ainsi, à force de rester inactif, l'organe se sclérose, et le désir se refroidit progressivement.

Les paroles de Céline affectent donc ses nerfs et réveillent sa conscience profonde. Liliane tourne alors la tête, feignant de ne pas lui prêter beaucoup d'attention. Malheureusement, ses yeux tombent sur deux lézards accouplés dans l'encoignure d'un arbre. Les gestes érotiques des bestioles renforcent l'excitation déclenchée par les propos de son amie.

Se rendant compte du malaise éprouvé par sa locataire, Céline reprend sa main et la presse un moment pour augmenter la chaleur de l'attouchement. Puis elle passe son autre bras autour de son cou, tout en massant légèrement le lobe de son oreille. Liliane, apparemment vaincue, n'oppose pas vraiment de résistance. Alors, croyant avoir atteint son but, Céline lui glisse doucement à l'oreille :

— Vous devez vous libérer de cette charge, ma chérie... Je suis prête à vous aider... Maintenant... n'importe où... quand vous voulez.

Liliane se dégage vivement en disant :

— Que faites-vous, Céline ? Qu'insinuez-vous ?

Elle s'écarte de quelques pas, la regarde de la tête aux pieds, puis la fixe dans les yeux :

— Vous m'étonnez, Céline. Vous m'avez entraînée ici pour m'initier.

— Oh, qu'est-ce que vous dites là ? Pourquoi prétendez-vous cela, Liliane ?

— Comment une femme peut-elle aider une autre femme à satisfaire ses besoins sexuels ?

— Vous interprétez mal mes gestes et mes mots, ma fille, dit Céline.

— Chacun fait son choix dans la vie, et je suis assez grande pour décider de ma propre orientation.

— Écoutez, ma chérie. Imaginez que vous rencontrez votre fille. Vous vous jetez sur elle et l'embrassez avec effusion sur tout le corps, tandis que quelqu'un vous observe à distance. Ignorant que cette scène exprime la joie d'une mère qui fête ses retrouvailles avec sa fille, aura-t-il raison de taxer cette attitude d'homosexualité ?

— Ce n'est pas la même chose. Il s'agirait dans ce cas de ma fille.

— Depuis votre arrivée dans ma maison, je vous ai toujours considérée comme ma fille à moi. Au lieu de vous jeter à la rue, je vous ai trouvé du travail tout en vous promettant de régulariser votre situation.

Liliane reste silencieuse.

— Je ne veux que votre bien, ma chérie. Vos soupçons me choquent, en vérité.

À ce moment, des nuages épais obstruent les rayons du soleil. Un vent froid commence à souffler sur la plage, forçant les excursionnistes à vider les lieux. Liliane reste pensive durant tout le trajet, et Céline, comprenant sa déconvenue, évite de lui parler.

***

Une semaine plus tard, Céline revient à la charge. Elle commence par déplorer l'incident de la plage tout en essayant de convaincre Liliane de la pureté de ses intentions. Après l'avoir ainsi rassurée, elle ajoute :

— Je vous apporte un message d'un personnage important. Il s'appelle Vanes.

— Qui est M. Vanes ? Et quel est ce message ?

— C'est le propriétaire d'une chaîne de restaurants. Il aimerait vous parler, répond Céline. Il viendra nous rendre visite la semaine prochaine. Ne commettez pas de bêtises, Liliane. Cet homme influent peut vous soutenir en tout.

Liliane prend conscience que Céline resserre de plus en plus l'étau autour de son cou. Elle a certes échappé à tous les pièges, mais elle se sent toujours prisonnière, comme une souris dans une pièce hermétiquement fermée. Elle réalise que cette femme désire l'engager coûte que coûte dans le trafic sexuel, qu'elle pratique depuis trente ans. Elle pense que la meilleure politique, pour l'instant, consiste à feindre d'accepter la situation.

— D'accord, répond-elle. Je ferai sa connaissance.

— Vous acceptez vraiment, ma chérie ? lui dit Céline en l'embrassant.

— Puisque vous me le demandez, je n'ai pas le choix.

— C'est très intelligent de le prendre ainsi. Maintenant, préparez-vous à jouir de la vie.

— C'est ainsi que vous me considérez... comme une femelle qu'on accouple avec un mâle ?

— Assez, Liliane. Ne recommencez pas avec vos idées rétrogrades. Le sexe est un besoin inhérent à la nature animale. Aucun être normal ne peut se soustraire à l'appel des sens... quelle qu'en soit la manière.

Sans lui donner le temps de répliquer, elle précise :

— Sachez que je sers seulement d'intermédiaire entre un client et vous.

— Mais il faut savoir aussi que je ne suis pas une femelle à la merci du premier mâle qui veut satisfaire des désirs passagers... Je ne suis pas un objet vendu aux enchères.

Céline se crispe un peu devant la réaction ferme de sa locataire.

— Je m'excuse d'avoir froissé votre amour-propre. Mais je suis si excitée à l'idée de vous aider ! Je vous ai raconté ma propre expérience... Vous vous rappelez ? Et vous en voyez les résultats.

— Écoutez, Céline, ne croyez pas que je sois une personne malade. Au contraire, je n'ai rien perdu de ma condition féminine... Je ressens tous les désirs, j'expérimente toutes les sensations. Mais, en plus d'une femelle, je me considère comme une femme.

— Quelle différence y a-t-il entre une femelle et une femme ?

— Une femelle répond immédiatement à l'appel des sens, elle ne peut pas résister. Une femme peut contrôler ses hormones, différer les sollicitations de l'instinct, et même ne pas y répondre. Sa volonté lui permet de s'élever au-dessus de son bas-ventre.

Céline se contente de sourire, estimant son temps trop précieux pour le perdre en discussions stériles. Elle a déjà arrangé l'affaire et ne tient pas à perdre la face. Liliane représente un investissement dont elle doit tirer le maximum de profit. Après la période de patience et de souplesse, arrive le moment de la décision. Elle choisira entre sa pudeur et sa survie.

Céline décide de hausser le ton :

— Et comment la volonté remplit-elle un ventre vide ? Et quelle direction indique la raison quand on a la police à ses trousses ?

Liliane ne répond pas.

— En tout cas, femelle ou femme, M. Vanes viendra

spécialement pour vous, dit Céline. Je crois qu'il mérite un accueil convenable. D'ailleurs, nous devons l'accompagner à un concert organisé au bénéfice des victimes de désastres naturels dans le monde.

Elle tend la carte d'invitation à Liliane qui la reçoit avec une certaine indifférence.

— On ne peut pas choisir une autre occasion ? Je ne me sens pas préparée pour une telle sortie, dit-elle sur un ton de conciliation.

— Ce n'est pas possible, dit Céline. M. Vanes pourrait le prendre pour un refus. Je n'entends pas perturber mes relations avec ce personnage.

Céline se lève et, en quittant l'appartement, la regarde :

— N'oubliez pas que je suis une femme d'affaires. Nous autres, nous ne nous embarrassons pas de scrupules. Soyez réaliste, Liliane.

Cet avertissement rappelle à la jeune femme que sa liberté est conditionnée et qu'elle ne doit pas trop tirer sur la corde.

Chapitre 18

Deux jours après cette conversation inquiétante, Liliane, profitant de l'absence de Céline, va s'asseoir dans le salon. Au moment de la distribution du courrier, dès que le facteur la voit, il s'écrie :

— Madame, j'ai une lettre pour vous, aujourd'hui !

— Une lettre pour moi ? répète-t-elle avec étonnement. D'où peut-elle venir ?

C'est la première fois, depuis six ans, que Liliane reçoit un courrier à son nom. Elle court dans sa chambre, ouvre nerveusement l'enveloppe et se met à lire sans regarder sa provenance. Soudain, Liliane jette la lettre sur son lit et se précipite dans les toilettes pour se laver les yeux afin de s'assurer qu'elle ne rêve pas. Elle revient relire la lettre, lentement cette fois, comme un enfant en première année d'école cherchant à pénétrer jusqu'aux entrailles des mots pour éviter toute fausse interprétation. Elle a bien lu : « Service d'immigration et de naturalisation des États-Unis d'Amérique à Mme Liliane Lespérance. »

Voilà une surprise fulgurante. Une correspondance en provenance de l'Immigration américaine adressée à la malheureuse immigrante clandestine. Et ce n'est pas un ordre d'expulsion. Un paragraphe de la lettre annonce à Liliane qu'elle a gagné à la loterie gouvernementale de la carte verte. Elle est convoquée à un rendez-vous pour compléter les formalités légales.

Liliane s'étend alors de tout son long sur son lit. Elle glisse dans son corsage la lettre providentielle pour la dissimuler au maximum. Elle ferme ensuite les yeux en respirant profondément. Elle se surprend à prononcer le prénom du chauffeur de taxi :

— Merci, Ludovic, murmure-t-elle.

À cet instant, de chaudes larmes jaillissent de ses paupières, des larmes d'émotion et de bonheur.

Que ne ferait-elle pas en ce moment d'euphorie pour récompenser Ludovic qui lui a ouvert la voie de la libération avec son poste de radio ? Peut-être continuerait-elle à pourrir dans cette galère, chez les Vol Mar, si le petit appareil n'avait pas été découvert ce matin-là, provoquant l'incident qui a causé son renvoi.

En effet, depuis qu'elle a reçu ce cadeau, Liliane ne s'est jamais passée des programmes communautaires qui lui ont ouvert les yeux sur son environnement. Au cours d'une émission, l'animateur lui a appris l'existence de la loterie de résidence. Elle s'est alors précipitée sur cette aubaine sans penser sérieusement obtenir un résultat positif. D'ailleurs, elle a même regretté ensuite d'avoir commis cette imprudence, craignant d'avoir ainsi ouvert une piste aux agents de l'Immigration.

Cette nouvelle inattendue la ragaillardit en lui ouvrant une période de grâce. Elle considère désormais sa lettre comme un talisman, hésitant même à la laisser dans sa chambre. Ce précieux document la délivre de toute appréhension et l'encourage à se lancer hardiment à la recherche de sa fille.

Liliane accepte donc de faire ses premiers pas dans la société en répondant crânement à l'invitation de l'homme d'affaires de Céline. « Quelle raison ai-je de me confiner indéfiniment ? se dit-elle. De même qu'on affronte stoïquement les obstacles, on doit jouir aussi avec enthousiasme des moments cléments de l'existence. »

***

Le jour de la rencontre est arrivé. Liliane en profite pour renouer avec la coquetterie de son adolescence, en y ajoutant un peu de solennité. Elle sait que l'apparence impose le respect et s'avère même, en certaines circonstances, un agent incontournable du succès.

Elle porte une robe bleu marine qui cache ses genoux et épouse les formes de son corps. Le col est formé de deux demi-cercles ornés de dentelle blanche, qui laissent apparaître une chaîne en argent à laquelle sont accrochées une petite croix et une médaille de la Vierge. La chaîne suit l'étroite vallée qui sépare les seins généreux de la jeune femme. Sa coiffure cache à demi ses boucles d'oreilles. Une raie partage ses cheveux dont une mèche frôle les sourcils. Ses lèvres discrètement fardées soulignent le violet de ses gencives et accentuent l'éclat de son visage. Debout sur ses petits talons, Liliane, élégante et imposante, incarne la séduction.

Céline la rejoint dans le salon où elle attend l'arrivée de l'éminent visiteur. Éblouie par l'éclat de cette beauté, elle s'empresse de complimenter son amie :

— Merci, Liliane. Vous êtes une femme de parole. Hier, c'était l'ambiance sauvage de la plage ; aujourd'hui, c'est le cérémonial de la civilisation.

Céline n'a pas revêtu une toilette aussi élégante que celle de sa locataire, qu'elle regarde avec envie. Elle se souvient avec nostalgie du temps où elle a rencontré cet homme d'affaires qui l'a lancée dans la vie et qu'elle a fini par captiver. À ses yeux, Liliane appartient à une autre génération, et son tour est venu de faire valoir ses charmes. Pour calmer sa jalousie, elle pense aux bénéfices que cette belle fille va lui apporter. Elle envisage déjà de faire monter les enchères en persuadant Vanes d'y mettre le prix. Les Liliane ne se rencontrent pas à tous les carrefours.

Même si Céline pressent les réticences de Liliane, elle espère que tout se passera selon sa volonté, puisqu'elle détient la clef du ventre et de la sécurité de cette femme.

Chapitre 19

Céline entend une voiture s'arrêter devant la maison. Elle se précipite pour accueillir son ami et le présente à Liliane. La jeune femme s'apprête à le saluer en lui tendant la main, mais Vanes s'approche d'elle et dépose sur son front un léger baiser avec ces tendres paroles :

— Je suis content de vous voir. Vous êtes très élégante.

Elle répond au compliment par un sourire avenant. Puis les deux femmes sont invitées à prendre place dans la voiture. Céline laisse à Liliane le siège de devant pour permettre à Vanes de se familiariser avec elle.

Ses cheveux grisonnants indiquent la soixantaine. Ses yeux vifs et gris, cachés derrière des lunettes à monture dorée, reflètent une grande intelligence. Sa mise élégante, ajoutée à son imposante stature, lui confère un pouvoir de séduction indéniable.

Pendant qu'il conduit, il regarde son invitée du coin de l'œil et lui adresse un sourire discret et charmant que l'attitude de la jeune femme ne semble pas désavouer. Céline se contente d'observer, n'étant pas directement intéressée. Finalement, elle rompt le silence :

— Il fait beau, aujourd'hui, dit-elle. Espérons que la soirée sera aussi belle !

Comme ses compagnons ne réagissent pas, elle ajoute sur un ton sarcastique :

— Comment, il n'y a que des morts dans cette voiture ?

— C'est vrai, Céline, dit Vanes. Mais vous oubliez que le printemps est la saison de toutes les promesses... Promesses de moisson, promesses des plaisirs de l'été... Qu'en pensez-vous, Liliane ?

— Excusez-moi, monsieur. Je n'ai pas suivi votre conversation. La majesté de ces édifices accaparait mon attention. Je me dis que, grâce à leur solidité, ils résisteront victorieusement aux tempêtes dévastatrices de l'été.

— Quelle élégance ! Vous êtes aussi spirituelle que belle, Liliane ! Vous êtes en train de me conquérir.

Ils atteignent enfin le théâtre et vont occuper les sièges réservés pour eux dans la première rangée. En attendant le lever du rideau, ils échangent quelques plaisanteries qui touchent particulièrement Liliane, que Vanes cherche à enjôler.

***

Avant de se lancer dans les affaires, Vanes a travaillé comme chercheur dans un laboratoire pharmaceutique, qu'il a quitté à la mort de son père pour gérer la chaîne de restaurants de la famille. Les concerts annuels qu'il organise au profit d'organisations caritatives contribuent au rayonnement de son entreprise.

Il engage périodiquement des troupes de danse pour assurer les divertissements. Outre ses ouvriers réguliers, il embauche de nombreux clandestins qui non seulement reçoivent un salaire dérisoire, mais endurent aussi l'exploitation sexuelle.

Sa liaison avec Céline lui apporte cette précieuse main-d'œuvre servile dont il tire le maximum de profit. Au cours de ses nombreuses visites chez son associée, il a rencontré Liliane, dont la physionomie l'a impressionné. Il a alors manifesté le désir de l'intégrer dans son giron. L'invitation à cette soirée culturelle constitue la première étape du processus d'embrigadement.

***

Les acteurs ont produit un remarquable spectacle, complété pour la circonstance par une chorégraphie représentant une scène de secourisme après le passage d'un cyclone. Au moment de l'exécution de cette scène, une vague de tristesse envahit Liliane au souvenir du lamentable sort de ses vieux parents, enterrés comme des animaux dans la boue puante. De leur côté, Céline et Vanes, absorbés par la performance des jeunes danseurs, ne se rendent pas compte de la peine de leur amie.

Sur le chemin du retour, tous trois échangent des commentaires sur les jeunes artistes et sur la qualité du spectacle. Liliane en profite pour recueillir adroitement des informations sur la troupe et ses activités. Elle apprend ainsi que ses membres viennent de pays différents et évoluent sous le contrôle d'une organisation itinérante dont elle obtient même l'adresse de la maison mère.

Pour remercier Vanes de sa prévenance, Céline a préparé à son intention un léger repas qui prolonge l'atmosphère de détente et fournit à son associé l'opportunité d'approfondir ses relations avec Liliane. Celle-ci, flattée d'avoir gagné la sympathie d'un personnage aussi important, lui permet même de visiter sa chambre. Cependant, le distingué prétendant se maîtrise assez pour ne pas l'effaroucher, s'abstenant de tout geste inapproprié. Il la désire réellement, à la fois pour son plaisir et pour son business. Cette soirée marque le début d'une nouvelle aventure pour Liliane, et Céline trépigne de joie d'avoir accompli la première phase de sa mission.

Vanes parti, elle court voir sa locataire pour la sonder et surtout pour l'encourager à avancer.

— Vous voyez, ma fille, lui dit-elle avec un accent maternel, la vie est éphémère, alors ne la compliquez pas... Il faut profiter de toutes les occasions. Considérez cette soirée comme un tournant dans votre vie. Ne laissez jamais passer la chance, pour ne pas vous le reprocher plus tard.

***

La semaine suivante, Céline annonce à Liliane une nouvelle désagréable.

— Il n'y a plus de travail pour vous dans l'immeuble, dit-elle en lui remettant son salaire.

— Que se passe-t-il ? demande Liliane, étonnée. Ai-je fait quelque chose de mal ?

— Le nouveau propriétaire a loué les services d'une autre compagnie pour la maintenance.

— Alors comment vais-je faire pour continuer à vous payer mon loyer ? s'inquiète Liliane.

Céline ne répond pas immédiatement, feignant de réfléchir sur son cas. Son regard reste fixé sur un tableau accroché au mur. Il représente un troupeau de bœufs sauvages traversant une rivière en crue ; trois d'entre eux sont emportés par les eaux en furie. Sur une des rives, un couple accompagné d'un chien assiste à la scène.

Le tableau attire aussi l'attention de Liliane, à qui il rappelle le songe de son cousin dans lequel elle avait réussi à traverser la rivière, laissant Rachel en détresse sur l'autre rive. Elle associe aussitôt l'eau à tous les événements majeurs de sa vie depuis qu'elle a quitté son pays. Elle imagine ses parents engloutis dans les inondations. Il lui revient à l'esprit la périlleuse traversée de l'océan où elle a failli perdre la vie. Elle se demande si elle n'a pas signé involontairement un pacte en jetant l'argent à la mer avant son embarquement. Même si, comme les bœufs chanceux du tableau, aucun obstacle ne peut plus l'empêcher de traverser, elle s'inquiète pour Rachel en pensant à ceux qui ont péri.

Finalement, Céline se décide à répondre à sa question.

— Ne vous inquiétez pas pour le loyer. Vous voyez que j'avais raison de vous conseiller de mettre quelque chose de côté !

— Vous avez trouvé une affaire pour moi ?

— Non, je n'ai pas dit cela. Pensez plutôt... que vous ne dormirez pas dans la rue... pendant quelque temps. Et puis... une femelle comme vous ne peut pas avoir de problèmes...

malgré votre situation illégale.

Cette nouvelle désarçonne Liliane atrocement, mais elle encaisse le coup.

***

Céline s'arrange pour maintenir Liliane au chômage jusqu'au tarissement de ses économies. Cette tactique vise à la fragiliser pour la forcer à accepter les règles de son jeu.

Après six semaines d'inactivité forcée, le découragement commence à s'emparer de Liliane. Un après-midi, Céline la surprend devant l'immeuble, visiblement déprimée.

— Vous êtes seule ici ? On dirait une personne qui attend une visite importante.

— Une visite ? Qui me connaît ici ? Je réfléchis sur mon sort... Je me sens perdue au fond du tunnel et je me demande si je n'en verrai jamais le bout.

— Et si vous saviez, ma chérie... Vous êtes plus près de la sortie que vous ne pensez... Prêtez seulement attention aux petits signaux qui en indiquent la direction.

— Je ne sais pas, malheureusement, comment les découvrir, dit Liliane de façon évasive.

— Alors, cessez de regarder en arrière, dit Céline avec force. La sortie est devant vous... Vous piétinez trop, Liliane, il est temps d'avancer.

Aucun commentaire ne s'ensuit. Alors, Céline invite Liliane au salon où elles s'installent toutes deux sur le canapé.

— Je connais votre susceptibilité, Liliane. Mais je ne peux pas garder ce message important que j'ai pour vous.

Liliane croise ses jambes et pose un coude sur un genou, pour lui laisser croire qu'elle lui accorde la plus grande attention.

— Depuis notre dernière sortie, M. Vanes ne tarit pas d'éloges à votre endroit. Vous l'avez impressionné au point qu'il envisage pour vous un poste de réceptionniste dans l'un de ses bureaux. Vous voyez, ma chérie, c'est la chance qui passe !

— Comment vais-je communiquer avec les gens ? Je ne parle pas correctement leur langue.

— Ce poste ne nécessite pas de contacts étroits avec les clients. Il suffit d'un simple entraînement et de quelques semaines de pratique. D'ailleurs, c'est la volonté de Vanes qui désire vous rencontrer sans délai pour étudier les modalités de cette embauche.

— Vous m'accompagnerez à ce rendez-vous ? demande Liliane.

— Ah, non, ne me demandez pas cela. Vous êtes une femme adulte. Vous pouvez régler vos affaires toute seule. Suis-je obligée de savoir toutes vos relations ? demande Céline sur un ton sévère.

Vanes fait effectivement chercher Liliane par son chauffeur pour le premier tête-à-tête intime qui lui permettra de la mieux connaître.

Elle passe sans difficulté un test et est engagée illico au Centre d'accueil des jeunes démunis (CAJD). Sa tâche consiste à superviser le pavillon des filles et à accompagner celles-ci durant leurs déplacements.

— Comme vous voyez, dit Vanes, c'est un travail délicat. La responsable actuelle doit s'en aller dans trois mois et c'est vous qui la remplacerez. Considérez que vous avez beaucoup de chance.

Liliane exprime avec enthousiasme sa reconnaissance pour la complaisance de son nouveau patron. Concernant les conditions du travail, il la renvoie à Céline.

La conversation terminée, alors que Liliane s'apprête à partir, Vanes la retient :

— Non, Liliane, ne partez pas comme cela. Mon chauffeur est allé faire d'autres courses, alors je vais appeler un taxi pour qu'il vous ramène chez vous. Vous n'avez rien de spécial à me dire ?

Elle répond négativement.

— Parfait, murmure l'homme d'affaires. En tout cas, j'ai une chose importante à vous dire... Désirez-vous l'entendre ?

— Qu'est-ce donc, M. Vanes ? Vos désirs sont des ordres... En définitive, je dépends de vous, dit Liliane timidement.

— Je n'aime pas votre attitude. Je veux que vous soyez plus détendue en ma compagnie.

Debout devant son bureau, elle le regarde et sourit légèrement. Vanes, comme un fauve attiré par sa proie, se lève de son fauteuil, s'avance lentement vers sa nouvelle recrue et se poste derrière elle. Liliane, impassible, ne bouge pas ni ne prononce un mot. Alors, il soulève ses cheveux et embrasse délicatement sa nuque ; puis il passe ses bras autour de sa taille, presque au niveau des seins. Liliane sent Vanes se transformer pendant qu'il augmente la pression autour de sa poitrine. Il commence à haleter et son membre grossit graduellement en se frottant contre sa fesse. Liliane aussi ressent un certain plaisir, mais elle n'est pas disposée à le partager pour l'instant. Toutefois, prudente, elle se garde de froisser son patron. Elle s'emploie donc à le faire jouir complètement et précocement en portant son excitation à l'extrême. Elle appuie sa tête sur son épaule gauche et passe ses bras autour de son cou pour lui suggérer qu'elle répond à son invitation. Pendant que celui-ci l'en remercie, elle glisse doucement à son oreille :

— Non, M. Vanes... Pas dans votre bureau... Pas aujourd'hui... Pas ici.

Mais cette requête est inutile. Le sexagénaire a déjà rendu les armes, aussi rapidement qu'il les a prises, sans même avoir eu la satisfaction d'explorer l'avant-poste du fort ciblé.

Vanes retourne s'asseoir dans son fauteuil, insatisfait de sa contre-performance. Il n'ose toutefois rien reprocher à Liliane qu'il désire pourtant ardemment depuis la soirée du concert.

Sa silhouette envoûtante n'a cessé de le hanter. Il tient à réussir cette initiation spéciale la prochaine fois, d'autant plus que cette femme apparaît trop méfiante et fière.

Certes, de nombreuses autres ont transité dans ce bureau avant d'être admises dans la confrérie. Vanes pense que coucher avec ses ouvrières est la meilleure façon de les contrôler en entretenant une rivalité entre elles. Il y parvient aisément car elles ne peuvent facilement étouffer l'appel du ventre.

Après ce désappointement, il lève la tête, et ses yeux rencontrent ceux de Liliane, sereins et interrogateurs. Figée à la même place, elle le regarde et semble lui faire sentir par son mutisme la bestialité et l'immoralité de son comportement.

Ses devancières n'ont pas eu le courage de résister à la pression impudique du patron. Même Céline n'a su lui rappeler que son bureau n'était pas le lieu idéal pour ses aventures sexuelles. Vanes se promet néanmoins de prendre sa revanche, la proie étant déjà prise dans le filet.

Il est presque 7 heures du soir. Il appelle la compagnie de taxis, puis tend à Liliane une carte qui l'habilite à rencontrer le manager du centre d'accueil.

— Vous êtes une femme admirable, lui dit-il. Je ne regrette pas de vous compter parmi mes ouvrières.

Chapitre 20

Cinq minutes plus tard, Liliane prend place dans le taxi. Elle indique au chauffeur son adresse, puis ferme ses yeux en réfléchissant à l'incident. Durant le parcours, le chauffeur l'observe dans son rétroviseur. Il ralentit même quelquefois pour mieux scruter le visage de cette femme qui lui paraît familier. Comme elle n'a pas rouvert les yeux, il en profite pour entamer la conversation.

— Tout va bien, madame ? s'enquiert-il.

Liliane, qui ne s'attendait pas à cette question, sursaute.

— Oui, ça va, monsieur. Merci pour votre attention.

À ce moment, il freine brusquement pour éviter une collision avec une voiture qui s'est arrêtée en plein trafic. Liliane sourit discrètement.

— Si vous continuez ainsi, vous allez causer un accident, monsieur. Je ne suis pas prête à mourir maintenant.

Ludovic saisit l'occasion.

— Qui aurait le mauvais goût de désirer la mort d'une créature comme vous, madame ?

— En tout cas, reprend Liliane, regardez devant vous. Je n'aimerais pas non plus vous voir mourir. Vous me semblez assez gentil.

— Les Ludovic sont en général gentils, madame, répond le chauffeur.

— Mais qu'est-ce que j'entends ? Vous vous appelez Ludovic ? C'est le nom de mon meilleur ami, que j'ai perdu de vue depuis presque une année. Je donnerais tout pour le revoir, dit Liliane avec peine.

Ludovic ne réagit pas à ces propos, bien qu'il ait reconnu Liliane. Ils ne se sont pas vus depuis longtemps, et à cette heure-ci du soir, dans une voiture, il est difficile d'identifier les visages, la réaction de sa passagère est explicite. Alors, il s'enhardit et se retourne vers elle.

— Madame, vous n'avez rien à donner pour le revoir. Je suis votre Ludovic de l'aéroport, celui de l'hôpital et du poste de radio. Je suis bien votre Ludovic... Moi aussi, depuis presque un an, je recherche une certaine Liliane... Est-ce vous, Liliane ?

— Arrêtez la voiture ! Arrêtez, s'il vous plaît !

Liliane s'écroule sur la banquette et se sent envahie par les sanglots. Elle comprend subitement qu'elle se trouve dans la voiture noire de Vol Mar, toujours fidèle aux grands carrefours de son itinéraire d'immigrante.

Ludovic stationne au bord de la route. Les deux amis descendent et s'étreignent avec force.

— Oh, Ludovic, c'est bien toi ! Comme je suis heureuse ! Enfin, je ne suis plus seule.

Ils restent ainsi, dans cette position, un bon laps de temps, puis décident de reprendre la route. C'est un merveilleux moment pour les deux amis. Ludovic apprend à Liliane que ses anciens patrons l'ont chargé de la rechercher, regrettant leur stupide décision.

— Et tu as retrouvé le marron ! Tu vas me conduire chez eux ce soir même.

— Non ! proteste Ludovic. Au contraire, je veux t'aider à sortir de ce pétrin... Je sais que tu es exposée à toutes les menaces de cette ville.

— Tu l'as dit, Ludovic. J'en ai en effet vu de toutes les couleurs...

Liliane lui raconte alors brièvement son histoire depuis qu'elle a été jetée sur le trottoir avec cinq cents dollars, sa rencontre avec Toutrien et son séjour chez Céline.

— Ma vie est une petite pièce de théâtre, résume-t-elle. Et je viens de commencer un nouvel acte... J'espère que c'est le dernier... Tu arrives à temps, Ludovic ! D'ailleurs, c'est toujours le cas chaque fois que je suis en difficulté : le jour de mon arrivée à l'aéroport, celui de ma sortie de l'hôpital, et ce soir encore.

— Pourtant, tu sembles en pleine forme... Fraîche comme la rosée !

— Nous aurons le temps de parler de tout cela plus tard, Ludovic. En attendant, écoute ton amie, ta sœur...

Liliane lui raconte alors ses relations avec Céline, et l'incident qui vient de se produire. Mais Ludovic l'interrompt, comme si ses paroles ne retenaient pas son attention.

— Je n'ai même pas le privilège de t'admirer.

— Cela ne te suffit pas, de me trouver vivante ?

— Si, mais j'ai des choses à partager avec toi aussi : ma joie, mes projets...

Liliane a un petit mouvement d'impatience que Ludovic ne remarque pas. « Qu'a-t-il donc à me dire, lui aussi ? On dirait qu'ils ont tous attrapé le même virus ! » Elle sait que les hommes aiment instinctivement tenter leur chance. Évidemment, Ludovic réunit toutes les qualités d'un courtisan éligible : un homme à la stature militaire et d'allure sympathique, des lèvres surplombées d'une moustache noire soigneusement entretenue. Mais, pour l'instant, le cœur de son amie n'est pas réceptif aux effusions lyriques.

— D'accord, Ludovic, raconte-moi.

Il commence alors par l'éloge de son garçon de vingt ans, qui vient d'achever ses études secondaires et qui aspire à une carrière juridique. Liliane se contente de secouer la tête pour exprimer son appréciation.

— Et moi, tu ne me demandes pas ce que j'ai fait ?

— Je suppose que tu vas me le dire.

— Eh bien, le mois prochain, je vais décrocher mon diplôme

de travailleur social.

— Félicitations ! Tu ne gaspilles pas ton temps. Je peux donc compter sur toi pour m'aider à retrouver ma fille... ta fille... n'est-ce pas ? dit Liliane en souriant.

Il y a déjà une bonne heure qu'ils devisent. Avant de se séparer, ils échangent leur adresse et leur numéro de téléphone, puis conviennent d'un rendez-vous pour discuter plus longuement.

Chapitre 21

Ce vendredi soir, Céline, assise dans le salon, attend impatiemment l'arrivée de sa protégée, qu'elle n'accueille pas avec un grand enthousiasme.

— Ce n'était pas une entrevue ordinaire, n'est-ce pas ? demande-t-elle avec un sourire moqueur.

Liliane ne répond pas directement et choisit de lui faire un bref compte rendu de la rencontre, omettant de mentionner l'agression du patron.

— Tout est réglé, maintenant ? Vous voyez que ce n'était pas si pénible... C'est le premier pas qui coûte.

Mais Liliane oriente la conversation dans une autre direction, feignant de ne pas comprendre les insinuations de Céline.

— À propos du salaire, M. Vanes me renvoie à vous, dit-elle.

Céline tente d'éluder cette question pour laquelle elle n'a pas de réponse immédiate.

— Ah, c'est vrai... dit-elle. Nous envisagerons cela plus tard... De toute façon, ce sera comme avant.

— J'espère que les conditions vont changer.

— Que voulez-vous dire ? demande Céline nerveusement.

— Je veux désormais recevoir mon argent directement et le gérer moi-même, dit Liliane fermement.

— Ce n'est pas le moment de discuter de ce point. Et puis, vous parlez comme si votre statut avait changé !

— Au moins, j'ai le droit de savoir le montant de mon salaire. C'est même aussi mon droit de ne pas l'accepter si...

Céline l'interrompt.

— Vous commencez à vous montrer ingrate, Liliane ! Vous devriez reconnaître tout ce que j'ai fait pour vous !

— Mais de quoi me blâmez-vous, Céline ? Si je travaille, j'ai le droit de réclamer mon salaire. Vous appelez cela de l'ingratitude ? Je suis adulte, et donc assez grande pour gérer moi-même mes affaires... toutes mes affaires.

Céline se lève alors et se dirige vers sa chambre. Furieuse, elle lance :

— Vous devriez vous montrer plus intelligente. Vous êtes en train de couper la branche qui vous soutient... Petite sotte ! Vous ne savez pas qu'on perd tout en voulant trop gagner...

Cet avertissement ne surprend pas Liliane qui, jusqu'ici, s'est soumise à Céline en acceptant de recevoir sans maugréer le reliquat de son salaire dont elle ignore toujours le montant exact. Avec ce nouvel emploi, plus rémunérateur, cette femme cupide entend continuer de l'exploiter en renforçant son emprise. Afin de protéger ses intérêts, elle s'est arrangée pour neutraliser l'influence de Liliane sur Vanes, car elle se souvient de sa propre expérience avec cet homme d'affaires qu'elle a séduit au point de devenir sa concubine. Elle abat donc toutes ses cartes pour que Liliane ne lui échappe pas.

Après ce difficile entretien, Liliane rejoint sa chambre. En se déshabillant, elle remarque sur sa jupe noire une tache blanche □ la trace laissée par les débordements sexuels de Vanes. Une idée traverse alors son esprit : elle se souvient d'une émission de radio dans laquelle l'animateur expliquait l'usage de l'ADN comme élément de preuve dans les procès. Elle plie soigneusement sa jupe souillée et la dépose comme une relique précieuse au fond de sa malle.

***

Le lendemain, samedi, Liliane décide d'aller rendre visite à Toutrien pour l'entretenir, par courtoisie, de l'évolution de la situation.

— Qu'est-ce qui me vaut l'honneur de cette visite ? demande-t-il en la voyant arriver.

— Comment ? Vous doutez de la sincérité de mon amitié ?

— Mais non ! répond-il. Vous savez bien que je plaisante. Je sais ce que je vous dois, Liliane.

Avant de s'asseoir, elle lui tend une enveloppe qu'il saisit avec un large sourire.

— Vous ne m'oubliez jamais. On dirait que je suis votre employé.

Au cours de leur conversation, il se montre contrarié en apprenant que Liliane a accompagné Vanes et Céline à la récente soirée culturelle.

— C'est le commencement... annonce-t-il. Vous non plus, vous ne serez pas épargnée.

— Que voulez-vous dire ? demande Liliane.

Il réfléchit un moment, puis poursuit en la regardant avec une certaine tristesse :

— Mon amie, vous êtes une femme de caractère, mais votre situation irrégulière vous rend vulnérable.

— Je le sais... Je vous remercie quand même de me le rappeler.

— Alors, sachez que toutes les pensionnaires de Céline doivent transiter par le lit de M. Vanes.

Cette information ne fait que confirmer à Liliane l'expérience en cours, mais elle se garde de lui en révéler les détails. En revanche, elle lui annonce la cessation de son travail dans l'immeuble.

— Cela fait partie du plan, commente Toutrien en secouant la tête. Des moments difficiles vous attendent, Liliane. Mais tout ce que je viens de vous dire doit rester entre nous. Il y va de ma vie, lui rappelle-t-il.

**

Le dimanche, Ludovic et Liliane se rencontrent, comme convenu, dans un restaurant. Ils y passent tout l'après-midi à mettre au point une stratégie pour régler définitivement le problème de la jeune femme.

— La vie est bizarre... dit Ludovic. Je passe fréquemment devant ce bâtiment, j'ai même l'habitude d'y déposer des clients.

— Heureusement qu'il se produit aussi d'agréables coïncidences ! Moi-même, je souhaitais te revoir. Je me sentais vraiment désarmée !

— Pourtant, à partir du moment où Vol Mar m'a appris la nouvelle de ton départ, je n'ai cessé de te chercher partout. Je m'inquiétais beaucoup pour toi, avoue Ludovic.

— Maintenant que tu m'as retrouvée, qu'allons-nous faire ?

Liliane lui confie qu'elle veut, coûte que coûte, s'éloigner de ce milieu perverti. Elle lui révèle les manèges utilisés par Céline pour l'engager dans son « club de prostituées ». Elle se résout même à lui rapporter l'agression dont elle a été victime de la part de Vanes, son nouvel employeur.

— Notre rencontre, Ludovic, relève presque du surnaturel, conclut-elle.

— Que comptes-tu faire ? Tu vas accepter cet emploi ?

— Je n'ai pas le choix pour l'instant.

— Tu as peut-être raison. Je connais le cynisme de ces gens... Ils peuvent te dénoncer à l'Immigration pour se venger.

— Il n'y a plus de problème à ce niveau. J'ai de vrais papiers, maintenant. J'allais te le dire.

— Alors, qu'est-ce qui te retient chez ces gens ? Pourquoi ne pas venir chez moi ?

— Oh, non, Ludovic ! Je ne veux pas aggraver tes ennuis. Essayons de gérer la situation autrement.

Interprétant les réticences de Liliane comme un manque de confiance, il s'empresse de la rassurer.

— Tout le monde chez moi est au courant de tes péripéties. D'ailleurs, j'ai prévenu Nadine, ma femme, de notre rendez-vous.

— Il ne s'agit pas de cela, répond Liliane, un peu embarrassée. Je ne voudrais tout simplement pas abuser de ta générosité. De plus, il y va de l'avenir de ma fille.

Liliane lui raconte l'entretien téléphonique avec son cousin au sujet du sort de sa famille et de Rachel. D'après les informations recueillies, celle-ci pourrait se trouver captive dans ce centre où Liliane va travailler. Cet emploi lui fournira, de ce fait, une excellente opportunité pour rechercher sa trace et concevoir la stratégie adéquate pour la sortir de là. Mais cette entreprise requiert beaucoup de précautions, en raison de la puissance de ces gens et de la solidité de leurs connexions.

— Tu comprends, mon ami, ma motivation. Je prends mon poste dès demain, dit Liliane.

— Dans ce cas, je m'engage à assurer ton transport quotidien. Tu ne vas pas me refuser ça ? dit Ludovic.

Les deux amis continuent à bavarder sur des sujets moins sérieux. Pour Liliane, le soleil de l'espoir commence à poindre à l'horizon.

Ludovic la dépose ensuite à un pâté de maisons du domicile de Céline. Rivée sur le trottoir, Liliane regarde s'éloigner la voiture des Vol Mar, cette même voiture qui l'a abandonnée sur la place un après-midi d'automne, pour qu'elle soit dévorée par les vautours de la rue.

Elle secoue la tête et murmure :

— Quelle ironie !

Chapitre 22

Le jour de vérité arrive. Liliane présente la lettre de recommandation de Vanes au manager, M. Plaisir, qui l'invite aussitôt à s'asseoir.

— M. Vanes m'a parlé de vous. Je pense que vous serez un bon élément pour le Centre.

Liliane le remercie avec son entregent coutumier et promet d'honorer son engagement. Le manager hoche la tête positivement. Il fait une brève présentation de la maison et met surtout l'accent sur la délicatesse des tâches qui attendent Liliane.

— Je vois que vous êtes une femme imposante... Mais je veux croire que vous n'êtes pas trop pudique.

Liliane écoute attentivement les instructions et retient particulièrement la remarque sur sa pudeur qui, à son avis, voile un avertissement. Plaisir occupe ce poste depuis une dizaine d'années. On peut deviner, au premier coup d'œil, la nature de ses relations avec les femmes qu'il supervise. Ses yeux étincellent de convoitise devant sa nouvelle employée. Celle-ci comprend aussitôt que la politique sexuelle en vigueur dans la maison se résume à un jeu de passe-passe entre patron et subalternes.

Comme elle reste toujours silencieuse, Plaisir continue :

— J'apprécie surtout votre réserve. La discrétion est effectivement la règle d'or dans cet établissement. SECRET absolu... Une fois le portail franchi, on est tel un initié : on voit tout, on ne voit rien.

— Dans ce cas, je n'ai même pas le droit de rentrer chez moi ? demande Liliane.

— Ce serait dans votre intérêt de rester ici, comme les autres. Nos travailleurs sont à l'abri de toutes les poursuites.

— C'est un vrai avantage, dit Liliane vaguement.

— Mais j'ignore pourquoi le patron a décidé de faire de votre cas une exception, dit Plaisir qui ne cesse de la fixer. Toutefois, quand on vous regarde, la raison n'est pas difficile à deviner...

Plaisir présente ensuite Liliane à la femme en charge du pavillon des filles.

— Voici votre assistante, Gloria. Elle peut commencer son stage dès aujourd'hui. Enregistrez-la dans le groupe des externes... pour le moment.

Liliane accompagne Gloria, qui lui donne des instructions générales. Cette femme entre deux âges porte une jupe noire et un corsage jaune pâle. Des lunettes à monture noire ornent son visage sympathique. Ce genre de travail ne correspond guère à son allure de bonne sœur. Mais depuis quinze ans, le destin l'a placée dans cette société pour gagner sa vie.

Ce bâtiment est une véritable usine de la prostitution. La façade abrite des activités commerciales dont la gestion habile des transactions dissimule l'atmosphère viciée à l'intérieur. Durant la première semaine, Liliane travaille au bar, qui la met en contact avec une clientèle hétéroclite. Elle effectue la première phase de son stage à la grande satisfaction de ses superviseurs qui la recommandent pour un autre poste.

La semaine suivante, cet apprentissage se poursuit dans la section réservée aux spectacles mondains. Une grande salle, au sous-sol, abrite des shows érotiques. De très jeunes filles y offrent des exhibitions pornographiques en se déhanchant sur un podium circulaire au rythme excitant d'une musique de circonstance. Cela commence par un défilé, puis, une fois sur scène, elles se déshabillent progressivement jusqu'au dernier sous-vêtement.

Alors dévêtues, elles s'enroulent autour d'un poteau placé au milieu du podium et enchaînent des positions lascives, jusqu'à la simulation d'un rapport sexuel.

L'assistance, exclusivement composée d'adultes, se délecte de cet étalage de sexes. Des sifflements répétés alternent avec des commentaires désinvoltes sur l'aspect des organes génitaux exhibés. Les occupants des sièges proches de l'estrade osent même, sans aucune retenue, toucher les actrices sur leurs parties intimes. Dans l'industrie sexuelle, la pudeur et le respect n'existent pas, et le corps féminin est une marchandise mise aux enchères.

En plus de l'accueil des clients, le travail de Liliane consiste à recueillir les vêtements des danseuses et à les entreposer dans les coffres correspondant à leur immatriculation respective.

Cette tâche ingrate la remplit d'horreur et provoque dans sa conscience une révolte que sa condition actuelle la force à réprimer. Elle se contente de se lamenter sur le sort de ces jeunes filles que la nécessité a poussées à ces extrémités. « Sans doute leurs parents ignorent-ils tout de la façon dont elles gagnent cet argent qu'elles rapportent chaque semaine à la maison », se dit-elle. Pendant qu'elle regarde leur exhibition, elle remarque que certaines évoluent avec aisance, tandis que d'autres peinent à camoufler leur gêne.

Après le spectacle, les externes regagnent leurs pénates, étouffant leur frustration mais heureuses de contribuer à la survie de leur foyer — personne ne devinera la prostitution derrière la couleur des billets verts. Les internes, elles, rejoignent leur chambre où les attendent leurs partenaires attitrés.

Liliane occupe ce poste depuis trois semaines. Bien que les spectacles l'attristent, elle tient à poursuivre cette douloureuse expérience. Les visages de ces jeunes filles lui rappellent constamment Rachel, et leur situation lui cause un pincement de cœur chaque fois qu'elle les croise.

À la fin de la troisième semaine, Gloria l'appelle et lui dit :

— Liliane, ma chère, la maison est satisfaite de votre travail. On va vous confier plus de responsabilités.

— Je suis ici pour travailler, répond la jeune femme.

— D'accord, mais je vous préviens que c'est un poste très risqué.

Liliane écarquille les yeux en entendant cet avertissement.

— Ne soyez pas effrayée, ma fille, rassure Gloria. Je veux dire par là que vous devrez être très discrète. Il y va même de votre vie.

— Dans ces conditions, envoyez-moi ailleurs.

— Ce n'est plus possible... C'est trop tard. Alors, à vous de vous y conformer.

Liliane se rappelle alors les allusions de Plaisir à la pudeur et à la discrétion. Sentant son malaise et son inquiétude, Gloria ajoute pour la calmer :

— Je sais ce que vous ressentez... Mais dans la vie, on ne fait pas toujours ce qu'on aime. Souvent, on se trouve dans la fosse aux lions sans avoir cherché à y entrer... Moi-même... je ne savais pas que j'étais destinée à passer quinze ans dans cette boîte, dit Gloria avec une émotion visible.

— Vos paroles et surtout votre franchise me réconfortent et m'encouragent, répond Liliane.

Gloria lui annonce alors qu'un grand événement doit se tenir le vendredi de la semaine suivante. Chaque année, le Centre organise une cérémonie pour initier à la vie sexuelle les jeunes internes de seize ans. L'assistance se compose de gens proches de la maison, et d'autres, triés sur le volet. On y trouve aussi de jeunes adolescents de la haute société qui, profitant de la pureté de ces vierges, viennent faire leur première expérience sexuelle, en évitant tout risque de contamination. Cette cachette leur offre en outre une bonne opportunité pour s'exercer à l'abri des regards indiscrets du grand public. Cette année, quinze jeunes filles sont appelées à subir cette initiation, chacune ayant une aînée pour tutrice.

La soirée commence par le défilé des quinze aînées, vêtues de rouge pour signifier qu'elles ont déjà traversé la mer Rouge, tandis que les novices attendent dans les coulisses avant d'entrer en scène.

La première partie de la soirée débute avec l'exécution du répertoire habituel : musique désopilante et danses hystériques. Lorsque les danseuses atteignent le paroxysme de l'excitation, un groupe de jeunes hommes sélectionnés se détachent de l'assistance, sautent sur l'estrade et choisissent leurs danseuses. Commence alors l'orgie, un spectacle à faire rougir Bacchus.

L'indignation envahit Liliane. « Comment peut-on tolérer de telles insanités dans une société civilisée ? », se demande-t-elle, tout en se lamentant sur ces jeunes vierges isolées derrière le rideau et condamnées à la rigueur de cette épreuve sordide.

Mais ce groupe l'intéresse particulièrement car elle espère y repérer Rachel, si effectivement elle vit dans ce bordel. En même temps, elle éprouve de la répugnance à l'idée de voir sa fille se prêter à cette exhibition écœurante. Le suspense réjouit et excite les spectateurs autant qu'il blesse son cœur meurtri et déchire ses entrailles comme au jour de son accouchement.

Un tonnerre d'applaudissements accueille l'arrivée du maître de cérémonie, qui annonce solennellement l'entrée en scène du « numéro un », une élégante demoiselle vêtue de rose, timide et manifestement effrayée, comme si elle était menée à l'abattoir. Numéro deux... puis trois... et ainsi de suite, jusqu'au numéro quinze.

Liliane observe, les yeux rivés sur le visage de chaque candidate qui projette l'image virtuelle de Rachel. Plus l'appel avance, plus l'attente devient intolérable, et plus l'espoir diminue aussi. « Si elle n'est pas ici, où vais-je la chercher ? », se demande-t-elle.

— Numéro quatorze ! annonce la voix grave du présentateur.

La danseuse prend quelques secondes avant de se montrer.

Enfin, le numéro quinze lui succède.

Liliane tremble d'inquiétude et d'émotion. Ces quinze candides jeunes filles vont faire, dans quelques minutes, leur entrée sur le marché de la prostitution. Elles sont désormais engagées comme matières premières dans l'industrie sexuelle. Véritables parias, elles vont contribuer à améliorer la cote sociale des patrons et nourrir leur arrogance. De plus, elles serviront de drap pour couvrir l'immoralité des jeunes gens de bonnes familles. Après elles, d'autres recrues viendront assurer la relève, sous les yeux complices de cette société hypocrite.

Vient ensuite la phase de déshabillage. Tout doit être retiré : robe, jupe, soutien-gorge et culotte. La nudité doit être totale. Seules trois des jeunes filles conservent un cache-sexe à cause des contraintes de leur nature.

Une fois cette opération terminée, dans un geste rituel, les novices écartent les jambes autant que possible et offrent en spectacle leur intimité. La salle résonne des cris stridents et des commentaires grotesques du public survolté.

Liliane se tient à son poste, le visage impassible et grave. Sa conscience profonde de mère lui reproche de ne rien faire pour empêcher le massacre des innocentes. Elle voudrait crier : « Richi ! Richi ! Voici Manmie, ta mère ! » Car le numéro quinze, c'est bien Rachel.

Liliane a reconnu sa fille en repérant le petit signe qu'elle porte au-dessus du sourcil droit et une cicatrice sur la cuisse gauche consécutive à une chute sur un rocher. Puis leurs regards se sont croisés au moment de la collecte des vêtements. Rachel fronce d'abord les sourcils en voyant sa mère. Elle semble se demander si ses yeux ne la trompent pas. Mais le langage du sang crie dans son cœur, provoquant un léger sourire, tendre et inquisiteur : « Que fait-elle ici ? »

Déjà six ans de séparation. Elles sont maintenant si proches, mais toujours si éloignées. Rachel a envie de sauter de l'estrade pour se jeter au cou de sa mère et la noyer dans un flot de caresses. Mais elle se rappelle les consignes de ses employeurs : jamais de contact avec l'extérieur sans l'accompagnement d'un responsable supérieur. Quiconque ose déroger à cette règle s'expose à la sanction extrême.

Une fois dans les vestiaires, Liliane enfouit sa tête dans les vêtements de sa fille, s'enivrant du parfum de son corps pubère, et des larmes d'émotion se répandent sur la robe de Rachel. Avant de retourner à son poste, Liliane glisse dans l'une des poches une petite médaille qui renferme sa photo en miniature ainsi que quelques mots pour la rassurer.

Liliane a achevé son premier mois de travail par cette expérience à la fois pénible et prometteuse. Elle rejoint Ludovic, qui l'attend, comme d'habitude, à un pâté de maisons du club.

— Vous paraissez très fatiguée, aujourd'hui, lui dit-il.

— Vous avez raison. La soirée a été éprouvante... répond Liliane avec retenue.

Avant qu'ils se séparent, Ludovic l'informe de la tenue de la convention annuelle des organisations inter-communautaires dans une huitaine de jours.

En rentrant chez elle, Liliane trouve sur la table du salon une note ainsi libellée : « Liliane, veuillez venir me voir demain à 9 heures. Bonne nuit. Céline. »

Les images de cette soirée macabre hantent l'esprit de Liliane durant toute la nuit. Mais la certitude de la présence de Rachel dans son environnement en atténue l'horreur.

Chapitre 23

Liliane retrouve effectivement Céline le lendemain, samedi, à l'heure indiquée.

— Ah ! s'écrie-t-elle. Que va devenir notre amitié, Liliane ? Combien de fois nous sommes-nous vues ce mois-ci ? Prenez garde qu'elle ne se fane pas, ma chère !

— L'amitié est comme un arbre qui ne craint pas la tempête à cause de la profondeur de ses racines.

— Mais elle peut s'affaiblir avec la distance, dit Céline qui revient à la charge après une pause. La présence est pour l'amitié ce que l'eau est pour l'arbre, précise-t-elle.

— Toute amitié qui plonge ses racines dans le tréfonds du cœur se passe de présence pour se développer. Car le cœur est comme une source intarissable qui se recycle sous l'effet de la sincérité.

— Que de choses vous m'apprenez ce matin ! s'exclame Céline. Vous êtes une révélation ! Vous semblez très épanouie depuis votre prise de contact avec le patron. Peut-être n'êtes-vous plus une femelle... Bravo, ma chérie ! Vous vivez, à présent !

Liliane reste silencieuse, la main gauche posée sur sa poitrine et la droite soutenant son menton. Elle regarde Céline, pensant avec dégoût : « Quelle hypocrite ! Quelle vipère ! »

— De même qu'il est aventureux de changer de monture au milieu de la rivière, il ne faut pas mépriser sa vieille chaudière.

Liliane ne fait aucun commentaire et essaie plutôt de ramener Céline à l'objet de leur rencontre.

— J'ai reçu votre note. Je vous remercie de m'avoir souhaité une bonne nuit.

— M. Vanes désire vous voir cet après-midi à 5 heures. Je tenais à vous le dire moi-même.

— Avez-vous une idée de ce dont il s'agit ?

— Comment pourrais-je le savoir ? Combien de fois m'avez-vous fait des confidences ? Je sais seulement que M. Vanes est un patron galant... Mais que dis-je ? Vous devriez le savoir mieux que moi ! dit la quinquagénaire, avec un certain énervement dans la voix. Voici l'adresse, conclut-elle.

***

Liliane se rend au rendez-vous à l'heure indiquée. Elle porte un corsage et une jupe sur un collant. Dès que Vanes la voit arriver, il se lève pour la recevoir avec des mots flatteurs :

— Oh, c'est vous, ma belle ? Toujours ponctuelle !

— Céline m'a dit que vous aviez des instructions à me communiquer, répond Liliane.

— Elle n'a pas bien saisi ma pensée, ma chère... Je désire tout simplement vous voir, dit Vanes... Vous devez vous familiariser avec mon environnement.

— Quel grand honneur pour Liliane !

Vanes la regarde un moment, secoue la tête et sourit.

— Comme le temps passe vite ! Vous ne trouvez pas ? Cela fait déjà un mois !

— Le temps... Le temps, c'est la seule chose qui ne ment pas, qui ne se gaspille pas... On ne le surprend jamais et on ne le rattrape jamais dans sa course.

— Mais il offre des occasions de marquer son passage... Ce qui, hier, vous a échappé peut être repris aujourd'hui.

— Chaque occasion est unique, M. Vanes. Elle fait partie du temps qui l'entraîne. Une occasion ne se présente jamais deux fois sous la même forme.

— Vous avez raison, Liliane. C'est pourquoi je vous reçois aujourd'hui dans un cadre nouveau... N'est-ce pas une occasion unique pour fêter la moisson ? demande Vanes avec un large sourire.

Cette fois, Liliane ne réplique pas, laissant son patron développer sa pensée. Il a invité son employée dans sa villa pour l'épater et en finir une fois pour toutes avec ses caprices. Il ne tient donc qu'à elle de tout gagner, si elle accepte ses conditions, ou de tout perdre, si elle s'obstine dans sa folle fierté.

Il s'est arrangé pour répandre dans sa chambre un parfum érotique. Un large miroir au pied du lit permet aux deux partenaires de se regarder et de s'exciter l'un l'autre pendant leurs ébats. Les peintures pornographiques qui ornent les murs évoquent des bacchanales romaines, entre des photos contemporaines d'orgies. Même un jeu de vidéo est prévu pour agrémenter la soirée.

— Vous comprenez donc pourquoi vous êtes ici cet après-midi... Alors, les instructions, vous les exécuterez sur place... Vous ne répondez pas ?

— Qu'y a-t-il à dire ? Qui peut contester la décision du maître ? Le champ et les travailleurs ne lui appartiennent-ils pas ?

Mais Vanes n'est pas disposé à philosopher indéfiniment. D'ailleurs, c'est la première fois dans sa carrière qu'il fait face à pareil défi. Pourquoi cette immigrante anonyme devrait-elle être traitée différemment des autres ? Elle doit comprendre qu'elle n'a aucun droit, pas même celui de protéger son intégrité.

— Allons voir maintenant comment le maître manifeste sa prodigalité... Allons voir comment il partage le fruit de la récolte avec ses ouvrières.

Vanes ouvre la porte de sa chambre et invite Liliane à y entrer.

— Oh ! J'allais oublier votre salaire du mois... Je suis tellement envoûté par l'idée de vous posséder !

Au moment où Liliane tend la main pour recevoir l'enveloppe, le patron l'attire violemment vers lui, immobilise ses bras pour l'empêcher de se défendre, puis la presse sur sa poitrine tout en la baisant sur ses lèvres. Profitant de cet effet de surprise, il entraîne Liliane et la renverse sur le lit. Tout en continuant à l'embrasser sur tout son visage, il essaie vainement de dégrafer son corsage pour atteindre ses seins. Dans son empressement bestial, il brise la chaîne qu'elle porte à son cou, et dont la petite croix égratigne sa peau. Effrayé à la vue du sang, il desserre son étreinte et se redresse brusquement. Liliane réussit alors à s'éloigner du lit et, toute tremblante, va s'écrouler sur un petit canapé. Tous deux restent un long moment sans échanger un mot. Finalement, Liliane rompt le silence :

— Après ce que vous venez de faire, pensez-vous que vous ayez droit à mon respect, M. Vanes ? Comprenez-vous la gravité de cette agression ?

— Votre comportement est plus grave encore. L'ouvrière ne défie pas son patron, surtout quand elle est dans une situation comme la vôtre.

— Jusqu'à présent, j'ai honoré mon engagement. J'ai travaillé pour gagner ce salaire.

— L'essentiel du travail n'est pas accompli tant que vous ne vous soumettez pas sans réserve à la volonté du patron.

— En tout cas, sachez que vous pouvez être maître de mon ventre, et même de mon bas-ventre, mais il y a quelque chose que vous ne maîtriserez jamais, dit Liliane avec arrogance.

— Et quelle est cette chose si précieuse ?

— Ma liberté, et cette liberté se nourrit de ma dignité.

— Et si demain vous vous trouvez dans la rue sans travail, qu'en sera-t-il de cette liberté ? Et quelle sera la raison d'être de cette dignité ?

Liliane ne répond pas, mais Vanes continue :

— Liliane, ma chérie, laissez-moi vous faire une confidence.

Il se déplace et vient s'asseoir à côté d'elle.

—Depuis trente-trois ans, je gère cette branche de l'entreprise.

Toutes les employées sont obligées de transiter dans mon lit. Vous ne ferez pas exception. Est-ce clair ? dit Vanes sur un ton à la fois doux et menaçant.

— Quelle jouissance tirez-vous de ce comportement insensé ?

— La satisfaction de mon instinct de mâle, de mes caprices de patron. J'ai décidé de vous posséder ce soir même.

— Alors, vous m'avez donné ce travail pour m'inciter à me prostituer ?

— Non, aucune autre de mes employées n'a eu l'honneur de fréquenter cette villa. Sachez que vous jouissez d'un traitement de faveur. Vous m'avez séduit. Vous... J'aime la chair fraîche, Liliane.

— Vous voulez dire que je vous attire... Attirer n'est pas forcément séduire.

Comme Vanes tente de passer son bras autour de son cou, Liliane le repousse violemment.

— Je ne suis pas le type de femme que l'on gagne, monsieur.

— Alors, pour quel type de patron me prenez-vous ? Vous pensez qu'une petite immigrante de votre espèce peut me faire chanter ?

Alors il s'apprête à la retenir, Liliane a le temps de s'abriter derrière la table de nuit pour l'empêcher de l'attraper.

— Ça suffit ! dit Vanes. J'en ai assez de vos caprices. Vous avez assez joué. Vous êtes ma possession. Vous resterez ici toute la nuit.

Il écume de rage devant le calme de son ouvrière. À ce moment, elle reçoit un appel téléphonique, auquel elle répond de façon à exercer une pression psychologique sur lui.

— Veuillez patienter, dit-elle à son interlocuteur. Juste le temps de régler un point avec le patron. Vous savez ce qu'il faut faire, si vous ne me voyez pas venir dans cinq minutes...

— Quelle est cette histoire ? s'exclame Vanes.

— C'est un ami qui vient me chercher. S'il vous plaît, monsieur Vanes, laissez-moi partir. Évitez le scandale.

***

Vanes se rassoit et regarde Liliane de la tête aux pieds. Il réalise la délicatesse de la situation, se rappelant que la justice pourrait le condamner pour agression sexuelle assortie d'un abus d'autorité.

— Allez-vous-en, la porte est ouverte. N'oubliez pas qu'après la mer Rouge, c'est le désert. On s'y retrouvera, Liliane... Et vous paierez le prix de votre impertinence.

— Ne vous bercez pas d'illusions, M. Vanes. J'ai déjà affronté toutes les aspérités du désert, survécu aux tempêtes de sable, évité les piqûres de serpents... Je crois connaître le désert, à présent. Je saurai gérer toutes les éventualités.

Liliane en sait réellement beaucoup. À force d'explorer le labyrinthe social, elle a fini par en découvrir tous ses secrets. Mais Vanes, obnubilé par le souci de satisfaire ses bas instincts, a sous-estimé son intelligence. De plus, le complexe de supériorité du chef sur ses subalternes l'aveugle et l'empêche de reconnaître la valeur de la dignité humaine.

Liliane partie, il rumine sa colère. Son regard se promène sur les images pornographiques exposées sur les murs de sa chambre. Son imagination reproduit alors l'image de la jeune femme dont la chaleur et la douceur des lèvres ont stimulé son appétit sexuel pendant quelques minutes. Comme si la jeunesse de sa partenaire avait miraculeusement régénéré ses cellules, l'intensité de son désir a déclenché une réaction brutale de ses organes sexuels, au point de ressentir, malgré ses soixante ans, des douleurs dans son bas-ventre.

— Non, non et non ! crie-t-il. À mon âge, c'est un affront impardonnable ! Elle me le paiera cher...

Vanes est touché dans son amour-propre de mâle et dans son orgueil de patron. Malgré son pouvoir économique et son imposant statut social, il n'arrive pas à vaincre la petite immigrante anonyme dont la force réside dans le libre exercice de sa volonté. Car, en fin de compte, les plus vulnérables s'avèrent être ceux qui ont un grand pouvoir sur les autres, mais pas assez sur eux-mêmes.

***

On ne peut pas raconter pareilles mésaventures à tout le monde sans s'exposer à la dérision. Mais Vanes ne peut pas en faire un secret pour Céline, sa vieille complice.

Il se décide, en attendant, à prendre un bain tiède pour calmer ses nerfs. Mais la représentation de Liliane dévêtue, étendue de tout son long sur son lit, répondant volontairement et follement à son excitation, empêche ses sens de s'apaiser.

Après un moment de repos, il appelle Céline, qui, dans son style coutumier, commence à lui adresser des reproches :

— Enfin, vous pensez à la vieille aujourd'hui ! Je savais, depuis le premier jour, que la fraîcheur de la jeunesse l'emporterait.

— Qu'est-ce que vous racontez, Céline ? Si vous saviez...

— Ha ha ! Quant à ça, je le sais... Vous lui en avez fait voir de toutes les couleurs... Mais attention, Vanes ! À soixante ans, on ne se remet pas de la fureur d'une femme comme Liliane !

— Céline, cessez de plaisanter, réplique Vanes.

— Comment ça, je « plaisante » ! Vous m'appelez pour me raconter vos exploits, et je ne fais que vous complimenter !

— Mais, au moins, donnez-moi une chance... Laissez-moi parler !

Vanes se sent de plus en plus embarrassé de révéler la vérité à Céline. Pourtant, la vieille femme ne plaisante pas. Au contraire, elle en profite pour exprimer sa nostalgie en se souvenant de ses performances d'antan qui lui avaient valu l'attachement indéfectible de son riche partenaire. Au lieu de s'en prendre au temps, c'est Liliane qui doit être sacrifiée à sa jalousie. Les paroles de Vanes ne l'intéressent pas vraiment.

— Me croirez-vous, Céline, si je vous dis...

— Je ne crois qu'une chose, mon cher : le temps seul ne vieillit pas. Profitez-en, mon ami, car bientôt « la queue du taureau traînera dans la boue » !

Céline n'entend aucune réaction de la part de son ami.

— Allô, Vanes ? Allô ? Vous m'écoutez ? Allô ?

— C'est moi qui vous ai appelée. Vous ne me laissez pas dire un mot, répond son ami.

— D'accord, vous avez raison.

Il lui raconte alors toute l'histoire depuis la première rencontre. Tandis que Céline feint de s'apitoyer sur la malchance de son ami, elle se réjouit intérieurement de cette opportunité de rattraper Liliane qui commence à lui échapper. Elle se résout donc à accentuer la pression en continuant à brandir le spectre du chômage et de l'expulsion.

Cette fin de semaine a réellement apporté à Liliane des déboires inattendus. Elle ne cesse en effet de penser au cynisme de ces gens qui n'hésitent pas à sacrifier la chasteté sur l'autel de la perversité. L'image indélébile de ces jeunes vierges s'est imprimée dans sa mémoire et bouleverse sa conscience.

Mais son indignation atteint son paroxysme après l'incident qu'elle vient de vivre dans la villa de Vanes. La veille, son cœur de mère a été meurtri à la vue de sa fille condamnée à gravir les échelons de la prostitution. Et moins de vingt-quatre heures après, elle-même, sa mère, aura subi le même supplice.

***

Pendant que Vanes confie à Céline sa déception, Liliane fait de même avec Ludovic. Elle rompt même la consigne de la discrétion en révélant les faits marquants de l'initiation. « C'en est assez », se dit-elle. Elle décide donc de précipiter les événements, sans dépasser la mesure cependant, car elle doit toujours prendre en considération le sort de Rachel.

Ludovic et Liliane passent une bonne partie de la soirée en tête-à-tête. Quand la jeune femme rentre à la maison, elle trouve, contrairement à l'habitude, toutes les lumières éteintes.

Le lendemain, dimanche, Céline la voit dans le salon, pensive, et même triste.

— Oh ! Déjà hors du lit après une nuit aussi fatigante ? s'étonne Céline. Comment cela s'est-il passé avec le patron ?

— Je l'ai vu hier soir. Je l'ai laissé bien vivant, répond Liliane.

— Qui vous dit qu'il est vivant ? Vous ne savez donc pas que l'émotion est une maladie parfois meurtrière ?

Liliane garde le silence.

— Vous avez profondément offensé Vanes, Liliane. Il m'a appelée pour me reprocher de lui avoir présenté une femme aussi bête.

— Qu'ai-je fait de mal, au juste ? Le patron m'a demandé de passer la nuit avec lui et je lui ai fait remarquer que cette clause ne figurait pas dans mon contrat. Je ne vois pas là une offense.

— Heureusement pour vous, Vanes est un homme généreux. Il a compris que vous avez agi par inexpérience, ajoute Céline.

Liliane, impassible, regarde la maquerelle qui attend une réponse.

— Mais dites quelque chose, ma chère ! Ce n'est pas à moi de résoudre tous vos problèmes. Aucun patron ne tolère le défi.

Puis, adoucissant sa voix :

— Donnez-lui, ma chérie, ce qu'il désire. Qu'allez-vous perdre en définitive ?

— Je ne sais pas ce qu'il désire.

— Vous voulez le savoir ? Il veut vous avoir dans son lit... Et il vous aura de toute manière.

— Mais je pense qu'il n'a plus besoin de moi.

— Ce n'est pas vrai, dit Céline. Vanes vous aime... Mais il pourrait vous haïr aussi, au même degré... Si vous voulez, je peux vous aider une dernière fois.

Elle n'attend pas sa réponse.

— Appelez-le pour vous excuser, puis proposez-lui, vous-même, un rendez-vous.

Céline prend immédiatement les devants.

— Que se passe-t-il ? Que me voulez-vous ? répond Vanes en décrochant.

— J'ai une nouvelle pour vous... L'enfant prodigue veut revenir au bercail !

— Qu'est-ce que cela veut dire ?

— Depuis ce matin, Liliane est inconsolable. Elle vient de me demander de l'aide. Elle est tout près de moi. Elle veut...

— Votre amie sait ce qu'elle doit faire... Elle sait comment je veux la voir... Maintenant, c'est à elle de m'inviter... Il n'y a plus de lit chez moi pour elle.

À ces mots, Vanes raccroche tandis que Céline regarde Liliane avec froideur.

— Vous voyez à quoi conduit votre sottise ! Il est très fâché ! Il a même été dur avec moi.

Le téléphone sonne à nouveau.

— C'est Vanes. Débrouillez-vous pour résoudre ce problème au plus vite. L'emploi de cette femme n'est plus garanti.

— Vous voyez, Liliane, c'est sérieux ! reprend Céline. En tout cas, mes relations avec Vanes ne doivent pas se refroidir à cause des caprices d'une petite ingrate !

Elle se lève alors brusquement et rappelle à Liliane qu'elle n'a pas encore reçu l'argent de son loyer.

***

Liliane se rend à son travail, comme à l'ordinaire, se préparant cependant à toute éventualité. Elle sait que Vanes ne plaisante pas et que Céline n'hésitera pas à l'abandonner. L'essentiel, maintenant, consiste à jongler avec le temps jusqu'à ce qu'elle établisse les conditions de libération de sa fille.

***

Les scènes obscènes de cette soirée malsaine ont également traumatisé Rachel, qui a grandi dans une ambiance familiale chez ses grands-parents, où elle a reçu une éducation traditionnelle marquée par la décence et la politesse.

Le jour de sa première communion, le prêtre, dans son homélie, a exhorté les communiants à considérer leur corps comme un temple. Après la messe, lorsqu'elle a demandé à sa mère de lui expliquer les paroles du curé, celle-ci l'a d'abord embrassée tendrement, puis s'est baissée de façon à la regarder droit dans les yeux.

— Eh bien, ma fille, lui a-t-elle répondu, ton corps est sacré. Il faut donc toujours éviter ce qui pourrait le souiller.

L'écho de la voix maternelle a subitement retenti dans le subconscient de Rachel lorsqu'elle a aperçu Liliane dans la foule.

Elle voudrait profiter de la bienveillance passagère du destin pour échapper définitivement à l'imminence du sacrifice. Motivée par la présence de sa mère, elle vit en ce moment entre le rêve et la réalité. L'espérance aléatoire d'une action libératrice de sa mère la soutient d'abord, mais le pessimisme l'emporte finalement, à l'idée que la discipline rigoureuse du Centre ne laisse aucun espace pour organiser une évasion.

***

Ce lundi, Liliane est reçue par Gloria, qui lui communique son nouvel horaire.

— Dès demain, lui dit-elle, vous occuperez un nouveau poste. Vous voyez, vous entrez progressivement dans l'enceinte de l'entreprise.

— Je suis effrayée, Gloria, dit Liliane.

— Ce n'est pas moi, ma fille... Je ne peux pas tout vous expliquer... D'ailleurs, je crois même outrepasser les limites de nos relations.

— Quelle raison avez-vous de vous méfier de moi ? On m'a envoyée ici sans m'informer de mes tâches.

— En tout cas, vous avez beaucoup de chance — si on peut appeler cela de la chance, dit Gloria.

Cette vieille célibataire éprouve une sympathie sincère pour Liliane, dont la personnalité contraste avec celle des autres employées. Elle-même se souvient combien elle a lutté, malgré son statut régulier, pour sauvegarder son intégrité au milieu de ces vautours.

— Vous êtes jeune et attirante, continue Gloria. Je comprends cela... Mais j'ai vu combien vous étiez crispée, vendredi soir, pendant la cérémonie d'initiation... Ce n'est pas l'attitude d'une femme légère.

Gloria la regarde avec une certaine compassion. Mais Liliane ne s'aventure pas à donner son opinion.

— C'est mon attitude naturelle, se contente-t-elle de répondre.

Gloria lui résume ses nouvelles tâches : s'occuper des dernières initiées, superviser rigoureusement leur dortoir, contrôler la lessive de leurs vêtements, veiller à ce qu'elles travaillent avec un seul partenaire — leur initiateur —, etc.

— Demain, vous recevrez les instructions formelles de M. Plaisir, et après cela, les demoiselles nous rejoindront dans ce bureau.

Chapitre 24

Après cette rencontre cruciale, un immense espoir gonfle le cœur de Liliane, qui brûle du désir de se rapprocher de Rachel.

Mais son optimisme ne dissipe pas l'inquiétude qui la ronge, considérant que son destin s'est toujours montré capricieux au cours de son itinéraire d'immigrante. Chaque fois que le soleil se lève pour elle, des nuages imprévus surgissent pour le cacher. C'est pourquoi elle s'est habituée à modérer son enthousiasme, même dans des circonstances apparemment favorables.

Dès l'arrivée de Liliane le lendemain, Gloria la conduit au bureau de Plaisir. Celui-ci répète les directives données la veille en insistant sur ses obligations majeures, notamment celle relative à la discrétion.

Par ailleurs, sachant que pour bénéficier de cette recommandation la nouvelle recrue a dû déjà satisfaire aux désirs du grand patron, il lui demande de rester en sa compagnie pendant que Gloria retourne à son poste. Un silence profond s'ensuit que Plaisir met à profit pour impressionner et séduire sa nouvelle employée. Tout en se déplaçant à droite et à gauche sur son fauteuil, il la fixe du regard, cherchant à la fasciner en clignant des yeux. Finalement, il brise le silence :

— J'ai oublié de vous dire une chose importante : toute employée ici doit une obéissance absolue au manager en chef. Compris ? Quel âge avez-vous, Liliane ?

— Trente-six ans, répond-elle sans hésitation.

— Je vous en donnerais vingt-cinq, tant vous semblez fraîche et jeune ! Vous ne voulez rien savoir de moi ?

Liliane sourit.

— Je sais déjà que vous êtes M. Plaisir, mon patron.

— Dites-moi, Liliane, vous n'allez pas me dire que vous êtes célibataire ?... Je devine que votre ami doit être bien malheureux, s'il est jaloux !

— Heureusement pour vous, M. Plaisir, votre nom à lui seul vous porte bonheur.

— Liliane, un dialogue de cette saveur ne doit pas être gaspillé. Je vais choisir un endroit plus approprié pour le continuer... À présent, il est temps d'aller retrouver Gloria. Ne partez pas sans venir me voir.

Liliane retourne alors au bureau de Gloria, qui va lui présenter les quinze filles durant un bref entretien avec chacune d'elles.

L'idée de cette rencontre la met dans tous ses états, car après six ans de torture morale, Liliane va enfin toucher sa fille, devenue presque aussi grande que sa mère. Elle revit instantanément en pensée ses dix-huit ans, lorsque le parfum de sa jeunesse embaumait son environnement et enivrait les jeunes gens de sa génération. Même les nostalgiques de quarante ans en mal de chair fraîche rôdaient autour d'elle.

Mais au moment où Gloria s'apprête à laisser entrer les jeunes filles, la voix de Plaisir retentit à travers l'Interphone, lui demandant de le rejoindre immédiatement dans son bureau.

— Le patron m'appelle, Liliane. Nous devons différer la présentation jusqu'à mon retour. Attendez-moi.

***

Gloria revient au bout de quelques minutes, rapportant une nouvelle désagréable :

— Liliane, ma chérie, il y a une petite contrariété qui vous empêche de commencer aujourd'hui. Vous allez donc rester chez vous momentanément. On vous fera signe aussitôt que possible.

Liliane s'en va sans comprendre le motif de cette brusque décision.

La licence commerciale de cet établissement l'habilite à fonctionner comme un hôtel-restaurant. Mais une organisation communautaire engagée dans la lutte contre l'esclavage sexuel a signalé l'existence dans ses murs d'un trafic de jeunes filles aux fins de prostitution. Aucune enquête sérieuse n'a jamais été effectuée en raison de l'implication de personnalités puissantes dans cette entreprise. Sous la pression de l'Organisation contre l'esclavage sexuel (OCES), le FBI a été sollicité pour réactiver l'enquête à la suite d'un incident survenu entre un superviseur et une externe. Avisé de l'imminence d'une inspection surprise, Plaisir prend les dispositions adéquates pour limiter les dégâts. Ainsi, la présence de Liliane en ces circonstances s'avère encombrante.

Celle-ci, pour sa part, voit dans ce subit revirement une révocation larvée, ordonnée par Vanes pour la maîtriser, en cherchant à lui couper les vivres.

Ce jour-là, comme elle n'a pas rendez-vous avec Ludovic, retenu dans un séminaire de formation pratique sur le service social, Liliane rentre vite chez elle pour analyser la situation et réfléchir à la manière d'anticiper toute surprise désagréable. Elle reprend même immédiatement contact avec son ancienne camarade de travail, qui lui promet son aide et en profite, elle aussi, pour l'informer de la prochaine convention des organisations inter-communautaires qui se tient le samedi suivant.

Liliane se garde de mettre Céline au courant de ce qui s'est passé, tout comme celle-ci ne laisse pas non plus transpirer le moindre indice concernant les problèmes encourus par l'entreprise de Vanes.

Chapitre 25

Comme convenu, Liliane rencontre son amie devant le bureau du Centre des réfugiés où se tient la convention. Des policiers montent la garde. Des groupes d'activistes ont déjà pris position aux alentours. Ils exhibent des pancartes dénonçant les injustices de la politique migratoire. Des orateurs survoltés lancent, à travers leurs mégaphones, des avertissements aux politiciens. Des groupes de musique divertissent la foule nombreuse rassemblée pour appuyer l'action des militants. Ce spectacle plonge Liliane dans une ambiance de carnaval qui atténue temporairement ses appréhensions.

Avec beaucoup de peine, elle et son amie arrivent à pénétrer dans la salle de conférence, d'une capacité d'accueil de cinq cents personnes. Le maître de cérémonie introduit le premier intervenant, un homme d'environ un mètre quatre-vingt, portant un costume bleu marine, une chemise bleu ciel et une cravate noire rayée de bleu et de rouge. Un tonnerre d'applaudissements salue son arrivée sur le podium. Du fond de la salle, Liliane ne peut pas discerner le visage de l'orateur. Mais son amie, habituée à le voir prendre la parole, lui glisse à l'oreille :

— C'est un parfait orateur que vous allez entendre. Il est capable d'enflammer une foule par sa rhétorique persuasive.

— Pourquoi êtes-vous ici, dans ce pays, mes chers amis ? questionne l'orateur. Parce que vous êtes à la recherche d'un mieux-être, n'est-ce pas ? Vous avez bravé les dents des requins, puis vous avez sué sang et eau pour gagner votre vie avec dignité. Vous avez accepté de refaire la route infamante jadis suivie par nos ancêtres, dans le seul but d'assurer une vie décente à vos parents et un avenir digne à vos fils et filles laissés derrière vous...

Des applaudissements nourris interrompent ce flot d'éloquence. Liliane se rappelle alors les paroles de Laurent sur le bateau, quand elle se maudissait de s'être éloignée de sa fille. « Une fois là-bas, lui avait-il dit, tu trouveras un bon boulot. Tu les soutiendras mieux que si tu restes auprès d'eux. »

L'orateur continue en mettant l'accent sur le rôle irremplaçable de l'immigrant dans la société de consommation. Pendant qu'il fournit presque gratuitement sa force de travail, il constitue l'épine dorsale du système. L'immigrant ne doit pas être confondu avec l'aventurier qui court le monde sans objectif ; il est plutôt un citoyen honnête, obligé de s'exiler sous la pression des circonstances. L'intervenant achève son discours en exhortant la foule à s'éduquer et à se solidariser pour pouvoir s'imposer.

Tout devient clair pour Liliane, qui exulte quand le présentateur prononce le nom de Laurent en félicitant l'orateur.

La conférence terminée, la foule commence à vider les lieux. Malheureusement, malgré ses efforts, la densité de l'assistance empêche Liliane de s'approcher de Laurent, qui emprunte une sortie secondaire.

Une fois rentrée à la maison, elle s'allonge sur son lit et commence à récapituler les incidents de la semaine, depuis le fameux vendredi de l'initiation sexuelle des jeunes filles jusqu'à la convention du Centre des réfugiés.

Le calme de l'environnement, à cette heure de la nuit, favorise et nourrit sa réflexion. Ses yeux tombent soudain sur une petite souris qui rôde sur la table en essayant de prendre d'assaut un plat qui contient des restes de nourriture. Elle agit avec précaution pour ne pas être attrapée. Liliane la regarde avec tendresse et évite de l'effrayer. À l'extérieur, la sirène d'un camion de pompiers déchire l'air et provoque le jappement de quelques chiens.

Toujours étendue sur son lit, Liliane déplore ce contretemps, qui l'éloigne aussi brutalement de Rachel, et s'interroge sur sa chance de récupérer son emploi. Alors que le sommeil l'envahit doucement, le téléphone sonne.

— Allô ? C'est Ludovic au bout du fil !

— Oh ! Ludovic ! Enfin, te voilà ! Il ne manquait que toi à la convention.

— Je sais, dit Ludovic. Mais je ne pouvais pas rater ce séminaire. C'est un tournant dans ma vie... En tout cas, je n'aurai pas tout perdu. Tu m'en feras le compte rendu.

— Pas de problème. Justement, j'ai un service à te demander. Mais combien te dois-je, Ludovic, pour tout ce que tu as déjà fait pour moi ?

— Ne t'inquiète pas. Tu m'as déjà payé : ton amitié est un salaire inestimable. D'ailleurs, il reste le plus important.

— Qu'y a-t-il de plus important que d'être à l'écoute de l'autre et même d'être disposé à partager ses déplaisirs ? dit Liliane.

— Je sais ce que je dis, reprend Ludovic. On n'a rien fait tant qu'il reste quelque chose à faire... Récupérer Rachel est ma préoccupation.

Liliane reste silencieuse en entendant cette grave déclaration.

Ludovic continue :

— Quel est ce service si délicat que tu n'oses pas me demander ?

— Parmi les orateurs de la convention, j'en ai découvert un qui me rappelle un ami... Il s'appelle Laurent. J'aimerais le rencontrer.

— Ah ! s'écrie Ludovic. Ce doit être Laurent Exilus.

— Oui, c'est cela !

— Laurent est mon ami. Je dois le voir demain. Si tu veux, je pourrai arranger un rendez-vous.

Après une brève réflexion, il reprend :

— Mais c'est un homme de principes. Je dois le prévenir. Laisse-moi l'appeler avant qu'il ne soit trop tard.

Laurent accepte la rencontre que Ludovic lui a présentée comme une urgence. D'ailleurs, Laurent a décidé de prendre une semaine de repos pour se remettre des fatigues dues aux préparatifs de la convention.

***

Le lendemain, à 15 heures, Ludovic vient chercher Liliane pour l'accompagner chez Laurent. En traversant le salon, elle se contente de saluer Céline sans la présenter à son ami, ni même la mettre au courant de son projet. Ce changement de comportement n'échappe pas à son hôtesse, qui commence à en prendre ombrage.

Une fois dans la voiture, Liliane ne tarde pas à interroger Ludovic sur la qualité de ses relations avec Laurent et, surtout, à s'enquérir de son style de vie.

Ludovic lui explique alors la genèse et la profondeur de leur amitié, et souligne l'attraction que Laurent exerce sur son entourage par la sincérité de ses paroles et sa forte personnalité.

— Laurent est un homme généreux, déclare-t-il, un militant authentique qui se dévoue corps et âme à la cause des faibles.

— Dans vos conversations, il n'a jamais cité mon nom ?

— Non, jamais... Par contre, il parle souvent d'une femme qu'il a rencontrée durant la traversée et qui l'a fortement impressionné.

— Tu sembles avoir beaucoup de respect pour lui ?

— Oh, oui ! Il respecte les gens et il se respecte lui-même aussi. Et puis, il défend la bonne cause.

Après un moment de silence, Ludovic reprend :

— Mais, toi non plus, Liliane, tu ne m'as jamais parlé de Laurent...

— Je ne savais pas si cela pouvait t'intéresser... Pourtant, je n'ai jamais cessé de penser à lui. C'est un homme bienveillant... Comme toi, d'ailleurs.

La voiture roule à vive allure, comme dans un cortège officiel. Liliane se demande pourquoi Ludovic a choisi une nouvelle voiture pour ce déplacement. Elle ne peut s'empêcher d'y voir un signe symbolique indiquant une sorte de passerelle entre le souvenir déprimant du passé et l'espérance libératrice de l'avenir. La voiture de Vol Mar, toujours présente depuis le début de son parcours, a disparu, et celle de Ludovic assure la transition.

Depuis quelques secondes, les deux amis ne se parlent plus, comme s'ils cogitaient, chacun de son côté, sur toutes ces coïncidences mystérieuses.

***

Ils arrivent enfin devant la maison de Laurent, une villa de deux étages située dans un quartier résidentiel. Cet homme entreprenant et ouvert pratique un art de vivre qui lui permet de s'adapter à toutes les situations. « Je vis comme je peux, là où je suis. Sans compromission, sans mépris », répète-t-il à ses amis qui s'enlisent dans une nostalgie paralysante. Au lieu de perdre son temps à se lamenter sur son sort, il pense qu'il est plus sage de mettre la main dans la pâte. Car ce que nous serons l'instant qui suit dépend de comment nous gérons celui qui le précède.

Ainsi, dès son arrivée au service de l'immigration, il a appliqué cette philosophie. Il s'est vite porté volontaire en assistant ses nombreux camarades clandestins illettrés dans leurs démêlés avec l'Immigration. Cette attitude a accéléré la régularisation de ses papiers. Il n'a pas tardé à être engagé par un vieil historien célibataire, pour gérer sa bibliothèque. Satisfait de son travail, le vieillard l'a encouragé à étudier la justice criminelle. Avant de mourir, comme il n'avait pas d'enfants, il a vendu à Laurent, à un prix symbolique, cette villa où il vit désormais, depuis trois ans, avec ses deux sœurs, Christie, vingt ans, et Julia, quinze ans. Grâce à la bienveillance du destin et à ses compétences, Laurent, à trente-quatre ans, mène une vie assez décente pour un immigré. Il s'est employé durant tout ce temps à consolider la situation de sa famille avant de s'embarquer dans toute aventure personnelle.

***

La voiture pénètre dans la cour dont la barrière s'est ouverte automatiquement. Laurent apparaît pour accueillir son ami et la cliente dont il ne connaît pas l'identité. Après avoir salué Ludovic, il se dirige vers la femme, restée légèrement en retrait.

À cet instant, il s'arrête net, comme pétrifié. Il se croise les bras, les yeux écarquillés, l'index de la main droite posé sur ses lèvres comme pour se contraindre au silence.

— Quelle est cette femme ? demande-t-il enfin.

Mais Liliane, d'habitude réservée avec les hommes, s'enhardit en cette circonstance et prend l'initiative de la réponse.

— C'est la maîtresse de l'eau de la plage, en extase aujourd'hui devant le maître de la terre.

— Heureusement, réplique spontanément Laurent, la maîtresse de l'eau, une fois sur terre, se transforme en ange gardien, guide et protecteur des humains.

Laurent s'avance lentement vers son amie, la regarde droit dans les yeux, puis fixe le ciel.

— Je ne vois pas la lune, dit-il.

— Elle est partie chercher le miel, répond Liliane, dans le même élan de spiritualité.

À ces mots, elle saute au cou de Laurent, qui, la prenant par la taille, la soulève, puis la repose délicatement. Ensuite, leurs lèvres se confondent dans un long et profond baiser. Après quelques minutes dans cette étreinte, Liliane, au comble de l'excitation, murmure :

— Arrête, Laurent. Je sens mes genoux faiblir...

Des larmes coulent de ses yeux, tandis que sa tête repose sur la poitrine de Laurent.

— Tu te rappelles la dernière fois que j'ai pleuré sur ta poitrine ? J'avais entendu, comme maintenant, les battements de ton cœur... Mais j'avais eu peur.

— Moi aussi, reprend Laurent, j'avais envie de te dire beaucoup de choses, ce jour-là. Mais les circonstances ne le permettaient pas.

— Tu sais, je n'ai jamais cessé d'entendre l'appel de ton cœur, malgré les vicissitudes auxquelles j'ai dû faire face durant cette longue séparation.

Entre-temps, Ludovic, debout à quelques pas d'eux, assiste, ému, à ce touchant spectacle. Il est frappé de voir jaillir avec tant de violence la passion de cette femme pudique et farouche. Il découvre, à travers la libre expression de sa féminité, la grandeur de Liliane, qui a élevé la dignité de la femme jusqu'à son paroxysme. Sa rencontre avec Laurent révèle la complicité de deux âmes généreuses qui se soutiennent merveilleusement, malgré leur éloignement dans le temps et dans l'espace.

Mais la plus grande fierté de Ludovic tient à son active participation à la récompense finale. Il se sent grandi par cette expérience exaltante ; il a su freiner son penchant pour cette personne attirante et s'est abstenu d'exploiter ses difficultés.

Tout à coup, comme si elle sortait d'un agréable rêve, Liliane s'écrie :

— Oh ! Regarde comme nous sommes ingrats ! Nous avons déjà oublié Ludovic !

Sur ce, Liliane adresse un clin d'œil à Ludovic, rempli de sympathie et de reconnaissance. Laurent commente la scène :

— L'officier ne fait que célébrer le mariage, mais il ne participe pas à l'acte final, n'est-ce pas, vieux frère ?

— C'est un privilège de garantir l'union ! Je pense même

que c'est l'essentiel, enchaîne Liliane.

Elle se détache un instant de son amoureux et se précipite dans les bras de son ami.

— Merci, Ludovic, dit-elle. Grâce à toi, je me sens heureuse, aujourd'hui... Pour moi, nous sommes désormais une famille.

Laurent prend Liliane par la main, et les trois amis se dirigent vers le salon. Laurent appelle ensuite ses deux sœurs, qui ne cachent pas leur enchantement de faire la connaissance de l'amie de leur frère.

— Vous êtes le fidèle portrait de cette femme du bateau dont parle souvent Laurent, dit Julia, la cadette.

Ludovic prend alors congé d'eux, les laissant en tête-à-tête pour savourer leurs retrouvailles. Pendant un moment, Liliane dévisage Laurent sans rien dire, puis son visage s'assombrit brusquement.

— Qu'est-ce qui ne va pas, Liliane ? lui demande Laurent.

Elle baisse la tête en guise de réponse et la cache entre ses mains.

— Je viens de commettre une bêtise, dit-elle. J'étais si heureuse de te revoir... Maintenant, je me rends compte que je m'attribue un droit que je ne mérite peut-être pas.

— Tu n'as pas changé. C'est la même réaction que celle que tu as eue sur le bateau... Quand cesseras-tu d'être méfiante ? demande Laurent.

— N'avais-je pas raison de réagir ainsi ?

— Mais je t'ai parlé avec sincérité.

— Qui me dit, ajoute-t-elle, que c'est le même Laurent que je viens d'embrasser avec une si grande passion ? Qui me dit...

— On te dira, Liliane, que Laurent est un homme qui n'a jamais manqué à sa parole... Me croiras-tu si je...

— Non, ne me dis rien... Je ne te croirai pas... Vous êtes tous...

À cet instant, Laurent met sa main sur la bouche de son amie pour l'empêcher de poursuivre. Il passe ensuite un bras autour de son cou et l'attire doucement vers lui. Liliane, les bras croisés sur sa poitrine, regarde fixement devant elle, comme si elle ignorait le geste de Laurent, qui continue à la chatouiller sans rencontrer la moindre résistance. Continuant son exploration, il glisse sa main à l'intérieur de son corsage jusqu'à atteindre son sein. Liliane détend alors lentement ses bras et s'abandonne à l'ivresse de ces caresses. Finalement, ce volcan endormi depuis de si nombreuses années entre en éruption, et les laves sorties du cratère de Vénus, se mélangeant aux suées qui perlent de toutes les parties de son corps, exhalent une odeur aphrodisiaque qui projette Laurent au septième ciel. Il continue tout de même à la caresser jusqu'au rétablissement de sa température normale.

Liliane reste longtemps blottie contre sa poitrine. Puis elle relève sa tête, le regarde et l'embrasse délicatement. Sentant l'humidité de ses sous-vêtements, elle adresse à Laurent un tendre reproche :

— Tu vois ce que tu as fait... Je veux sortir d'ici comme je suis entrée.

— Qu'est-ce qui te force à repartir ? demande Laurent. Il n'y a plus de carrefour devant nous.

Liliane se souvient alors de leur dernière conversation, à l'aéroport, au moment de leur séparation : « La vie est un long chemin jalonné de carrefours où des gens différents se rencontrent. Parfois, certains continuent ensemble jusqu'au bout. D'autres, au contraire, se séparent ici et se rejoignent plus loin. Tout est donc ouvert dans la course de la vie, Liliane.

— Tu l'as bien dit. Je m'en souviendrai, Laurent. Plaise au ciel que nous appartenions au deuxième groupe ! »

Ne sachant pas à quoi Liliane pense, Laurent continue à déposer sur ses lèvres de légers baisers.

— Si tu te sens inconfortable, va prendre un bain, proposet-il.

— Oh, non, Laurent ! Je ne peux pas. Il faut respecter tes sœurs... Elles penseraient à tort que quelque chose de plus décisif encore s'est passé entre nous... Le chemin est long et il n'y a plus de carrefours, n'est-ce pas ?

Liliane lui rend ses baisers.

— D'ailleurs...

Elle se dégage alors brusquement des bras de son ami et tout à coup éclate de rire. Se cachant les yeux, elle court à l'autre bout de la pièce. Laurent la poursuit, comme s'ils jouaient à cache-cache, et finit par l'attraper. Elle se cabre en feignant de résister. Mais ce petit jeu aboutit à un autre baiser profond et prolongé.

— D'ailleurs quoi ? lui demande Laurent en caressant ses cheveux.

— Tu veux réellement savoir ? dit Liliane sur un ton jovial et enfantin. Je veux m'endormir cette nuit en m'enivrant du parfum de ton corps. Eh bien, ce soir, mon sous-vêtement va me servir d'oreiller... Je veux me venger de ce que tu viens de faire... Je veux être heureuse sans toi, cette nuit... toute seule.

— Ha ha ! s'exclame Laurent. Dans ce cas, je ne vais pas te laisser partir... Tu penses que je n'ai pas la même envie ?

— Ce serait une grave erreur... Ce serait du kidnapping !

Laurent lui répond en l'attirant vers lui une dernière fois.

Il l'invite ensuite à visiter la maison en compagnie de ses sœurs, qui en profitent pour faire mieux connaissance avec Liliane. À leur retour, Ludovic est là pour ramener Liliane chez elle. Mais avant leur départ, les deux jeunes filles leur demandent de passer à la salle à manger.

— Julia et moi, nous avons préparé une surprise pour célébrer ces retrouvailles ! annonce Christie, l'aînée.

[Pendant que tous dégustent ce modeste goûter improvisé, Christie continue de commenter l'événement.

— Laurent nous a beaucoup parlé de cette « femme du bateau ». Il aurait aimé avoir une fille avec le même caractère. Désormais, nous l'appellerons « Liliane » ! Nous pensons qu'il est heureux de vous retrouver. Laurent est plus qu'un frère pour nous, c'est un père... Nous faisons tout pour qu'il soit heureux... Mais vous comprenez, nous ne sommes que ses sœurs !

Laurent regarde Liliane, qui frémit en entendant ces paroles affectueuses. Elle se lève et va se placer entre les deux jeunes filles, ses bras autour de leur cou.

— J'ai une fille de ton âge, Julia, déclare-t-elle, tout en caressant ses cheveux. Vous pourriez être mes enfants, vous aussi... Si vous pensez que je peux vous aider à rendre votre frère heureux, je suis à votre disposition, Christie.

Liliane presse alors les deux têtes contre sa poitrine dans un geste maternel, puis elle remercie les sœurs de leur accueil. Elle se dirige ensuite vers Ludovic.

— C'est cet homme qu'il faut remercier. C'est grâce à lui que nous pouvons passer ces joyeux moments cet après-midi. Sans lui, je n'aurais peut-être jamais retrouvé Laurent... Cette famille est à présent réunie.

Laurent et ses sœurs raccompagnent Ludovic et Liliane jusqu'à la voiture.

***

Après un long silence, Liliane se tourne vers son ami.

— Je ne cesserai de te remercier, Ludovic... Tu es un homme remarquable. Tu as changé le cours de ma vie.

— Combien de fois dois-je te dire que j'ai déjà obtenu ma récompense ?

— Je ne me rappelle pas t'avoir rien donné pour compenser ta générosité à mon égard.

— Liliane, ma plus grande satisfaction serait de voir mon garçon heureux dans la vie.

— Mais je n'ai rien à voir avec cela ! Je ne détiens malheureusement pas la clé de la destinée humaine...

— Si seulement Rachel ressemblait à sa mère... murmure Ludovic.

— Parles-tu sérieusement, Ludovic ? Qui te dit que ton garçon pourrait aimer ma fille ? Et depuis quand un père peut-il choisir une femme pour son fils ?

— Si Rachel te ressemble, elle sera pour lui une bonne compagne.

— J'ai envie de dire la même chose de toi, Ludovic, tu es assurément un bon mari. Mais laisse-les d'abord se rencontrer, pour qu'ils puissent se connaître. Tu ne sais même pas le sort qu'a subi Rachel... dit Liliane.

— Ne t'inquiète pas pour Rachel, répond Ludovic. Son sort est entre mes mains.

Il commence alors à lui raconter ce qui s'est passé au club des Recruteurs sans frontières. Les agents de la FBI y ont effectué une descente le jour même du renvoi de Liliane. Les quinze jeunes filles fraîchement initiées ont été évacuées et confiées à un centre spécialisé dans les questions de traumatisme sexuel. Elles seront interrogées, une à une, pour déterminer les sanctions à appliquer contre les responsables de ces crimes.

— Comme tu vois, Liliane, je vais commencer une carrière honorable, maintenant. Je vais abandonner la rue. Tu vois, je suis promis à un avenir radieux !

— En vérité, dit Liliane, je ne comprends pas ton exaltation, Ludovic. Tu sous-estimes une profession qui t'a permis de soutenir honnêtement ta famille pendant plus de dix ans ? Il est certes bon de changer d'activité professionnelle — on se crée de nouvelles relations —, mais...

Ludovic l'interrompt.

— Tu ne connais pas la misère du chauffeur de taxi, exposé

à toutes les turpitudes de la rue.

— Tous les métiers comportent des risques, Ludovic. Un chauffeur de taxi rend de précieux services à la communauté. Il est en contact avec toutes les catégories sociales, du riche patron au simple employé. Toujours prompt à transporter son passager jusqu'à son rendez-vous. Toujours en alerte, à toute heure du jour et de la nuit, prêt à accomplir des courses en urgence et de tout genre...

Avant de conclure son apologie, Liliane marque une pause, s'approche de Ludovic, passe sa main sur sa tête et ajoute :

— Il sert même de complice dans nos escapades... C'est un chauffeur de taxi qui m'accompagne depuis six ans sur mon itinéraire tortueux d'immigrante... C'est grâce à un chauffeur de taxi que je peux contempler aujourd'hui la lumière qui jaillit au bout du tunnel. À travers toi, Ludovic, je me sens redevable à tous les travailleurs de cette profession.

La conviction et la spontanéité de cette défense surprennent Ludovic qui ne trouve rien à redire. Liliane reprend ensuite la conversation sur les événements survenus au club des Recruteurs.

— Après les sanctions pénales, que va-t-il se passer ? Que fera-t-on des filles ?

— L'organisation contre l'esclavage sexuel est partie prenante dans l'affaire. Elle se porte partie civile en assignant le club, répond Ludovic. Mais sais-tu qu'ils ont changé le nom des filles pour brouiller les pistes ? Le nouveau nom de ta fille est Sara N° 15. Tu ne retrouveras jamais Rachel.

Avant de descendre de la voiture, Liliane lui tend une photo de son enfant quand elle avait huit ans. Ludovic l'examine avec tendresse.

— C'est vraiment l'image de sa mère... Puisse-t-elle te ressembler aussi intérieurement !

La température est fraîche en cette soirée de début d'automne.

Des lumières sont encore visibles dans quelques maisons. À une dizaine de mètres de là, un couple s'apprête à rentrer chez lui. Un chat traverse rapidement la rue déserte pour esquiver une des rares voitures qui circulent à cette heure tardive.

Une fois Liliane à l'abri chez elle, la voiture de Ludovic démarre en trombe, comme pour rappeler qu'elle a participé, elle aussi, au succès de la mission du jour.

Liliane passe immédiatement à la douche avant de se coucher, quand soudain le téléphone sonne.

— Allô, Louloune ? Déjà endormie ? Comment trouves-tu ce parfum ? demande Laurent.

— Ce parfum ne disparaîtra pas avant notre premier bain de mer... répond Liliane. Et ce devra être une nuit de pleine lune.

Le lendemain matin, à son réveil, Liliane trouve ce message sur son téléphone portable : « Ici, Laurent pour Louloune. Croisière en vue, de jeudi à samedi. Qu'en penses-tu, madame ? Jeudi soir, c'est la pleine lune... »

Chapitre 26

Jeudi après-midi, peu après 5 heures, Laurent et Liliane embarquent à bord du bateau de croisière. Une foule de gens ont réservé ces trois jours pour fuir la turbulence de la cité : de jeunes mariés ayant choisi l'environnement marin pour cadre de leur lune de miel, des touristes en quête d'exotisme, des employés rompant momentanément avec l'ambiance routinière de leurs journées, des couples âgés accompagnant leurs petits-enfants et se remémorant le bon vieux temps...

Laurent et Liliane, eux, se souviennent de leur aventure. Ils ont loué une cabine en première classe qui leur permet d'admirer la mer.

Soudain, Liliane, après un soupir nostalgique, déclare :

— Quelle ironie, Laurent ! Qui aurait pu imaginer qu'un jour nous serions sur ce bateau de luxe comme de vrais touristes ?

Laurent scrute l'horizon. Bien que perdu dans sa contemplation, il a entendu la remarque de sa compagne.

— Le destin est comme l'horizon, répond-il, on ne sait jamais ce qui se cache derrière. C'est pourquoi il faut affronter les difficultés avec courage et espoir.

À cet instant, Liliane revoit l'image de ces malheureux voyageurs des mers se jetant dans l'eau pour éviter la capture. Peut-être certains d'entre eux auraient-ils pu, comme Laurent et elle, passer victorieusement à travers les mailles du filet... « Le destin est injuste, se dit-elle. Est-ce le hasard qui gouverne la vie ? Dans ce cas, où se situe la liberté humaine ? » Mais elle se souvient qu'elle-même en a réchappé de justesse, grâce à la vigilance de

Laurent. Alors, elle se met à trembler. Car certaines fois, on prend conscience de l'ampleur d'un danger seulement après l'avoir évité.

Brusquement, Liliane se précipite dans les bras de son amant, l'étreint fortement et dépose sur ses lèvres un baiser chaud et humide que celui-ci rend avec la même ardeur.

— Que puis-je faire pour te remercier ? Je te dois la vie, Laurent.

— Que veux-tu faire de plus, Liliane ? La chaleur et la douceur de ces baisers embaument mon cœur... Nous regardons maintenant dans la même direction, n'est-ce pas ?

— Ne sois pas naïf, Laurent. Un baiser sensuel peut signifier une simple quête de plaisir passager, objecte Liliane. Il n'équivaut pas forcément à un baiser sincère qui exprime un élan généreux du cœur. Comment es-tu sûr de ma sincérité ?

— Parce que je crois retrouver la même Liliane que celle du bateau de Josaphat. Il y a sept ans, tu as refusé mon baiser par conviction. Aujourd'hui, tu me l'offres volontairement avec la même conviction. Ta sincérité se perçoit dans cette spontanéité, dit Laurent.

— Penses-tu que je puisse te rendre heureux, comme Christie et Julia l'espèrent ?

— Nous ne nous attendions pas à ta visite... Et j'ignorais ce qu'elles mijotaient après ton arrivée. Comme je parlais souvent des qualités de la « femme du bateau », elles ont imaginé, en te voyant, que tu devais être cette femme spéciale dont je rêvais.

— Cesse de me faire rougir avec tes éloges. En tout cas, l'homme spécial que je cherche ne s'appelle pas Laurent.

Liliane se met alors à lui donner de petits coups sur la poitrine. Laurent la saisit par la taille, la soulève légèrement et l'embrasse à son tour.

Il est 9 heures du soir. Comme la température baisse, ils

décident de regagner leur cabine. Une fois à l'intérieur, tous deux assis au bord du lit, Liliane entame ses confessions.

— Peux-tu imaginer combien je désirais vivre ce jour, Laurent ? Dans mes moments de détresse, ton nom venait sur mes lèvres, et je me demandais si tu n'affrontais pas tes propres problèmes.

— Et moi de même, je n'ai jamais cessé de penser à toi. Mes sœurs en sont témoins. Lors de notre rencontre sur la plage, tu m'as impressionné par ta réserve et ta forte personnalité. J'avais le pressentiment que nous nous retrouverions un jour... En tout cas, le destin ne nous a pas trahis.

Liliane se lève et se tient debout juste devant lui, puis elle le renverse sur le lit après l'avoir déshabillé.

— Maintenant, à ton tour, Adam, de dévêtir Ève ! ordonne Liliane avec un sourire sensuel.

— Quoi d'autre, déesse ?

Elle s'étend sur le lit, immobile, les bras disposés horizontalement et les jambes légèrement écartées.

— Maintenant, je t'offre la pomme. Qu'attends-tu, Laurent ? Tu ne vois pas que nous sommes au premier jour de la Création ?

Liliane, résolue à tourner définitivement la page de l'abstinence, a décidé de se dépouiller de son manteau de pudeur. Elle n'a rien à se reprocher en s'abandonnant à celui qu'elle estime digne d'apprécier son amour. Elle le fait comme une femme.

Cependant, Laurent, ébloui par les rayons du bonheur, tarde à réagir. Il se contente de contempler ce spectacle merveilleux et envoûtant, pendant qu'elle, comme pour le provoquer, étire l'une de ses jambes un peu recroquevillée, de sorte que le triangle apparaît pleinement, découvrant dans toute sa luxuriance l'empire vénusien. Finalement, Laurent se décide.

— La lune ne s'est pas encore levée, dit-il.

— Le ciel est nuageux, ce soir, répond Liliane. Nous ne verrons pas la lune. Mais cela n'empêche pas qu'elle soit pleine... D'ailleurs, sache que, ce soir, je porte la lune en moi. Elle n'attend que tes chauds rayons pour faire jaillir le miel.

Les yeux de Laurent descendent et remontent le long du corps de son amante, étendue sur le lit comme un fleuve de volupté. Il ne sait par quel bout commencer la navigation. Enfin, il se renverse sur elle, caresse ses lèvres délicatement, puis profondément, descend ensuite sur son cou, qui ouvre la voie à l'ascension de ses seins qui dardent des pointes déjà raides. Laurent s'installe momentanément entre ces deux collines de chair, passant d'un sommet à l'autre, tout en chatouillant les versants saillants, et remonte une nouvelle fois vers les lèvres. Entre-temps, son membre a grossi progressivement en se frottant contre l'intérieur des cuisses de son aimée.

Cet assaut généralisé surprend les sens de Liliane, qui commence à exécuter la balade rituelle en se mouvant à droite et à gauche, tandis que son bassin monte et descend à un rythme accéléré. À cet instant, ne pouvant plus supporter cette pression, elle pousse des cris puissants qui exacerbent l'excitation de son amant. Alors, passant ses bras autour de son cou, Liliane soulève sa tête, puis mordille fiévreusement ses oreilles, ses lèvres, toutes les parties de son visage.

— Qu'est-ce que tu fais, Laurent ? crie-t-elle sur un ton de supplication ? Qu'est-ce que tu fais, mon amour ? Qu'attends-tu ?

Mais lui, prend son temps, car il ne veut pas d'un fruit à moitié mûr. Il se glisse lentement jusqu'au fond de la vallée où il s'abreuve pendant quelque temps à la source des délices, puis il reprend le même parcours jusqu'au sommet. Au fil de ce va-et-vient incessant, les jambes de Liliane s'écartent progressivement jusqu'à l'abdication finale.

Se sentant suffisamment armé, Laurent passe à la charge décisive en pénétrant hardiment dans le fort. Cette prise de possession ferme et régulière provoque un murmure plaintif, jusqu'à la reddition marquée par une explosion fracassante.

Après dix-sept ans d'abstinence, Liliane vient de reprendre goût à la vie.

Le sommeil de la fatigue les envahit, et après un moment de relaxation, se couchant à moitié sur Laurent, Liliane promène sa main sur son corps, s'arrêtant sur son membre qu'elle baise avec tendresse.

— Quelle sera notre punition, Laurent, pour avoir mangé le fruit ?

— Il y a une différence, Louloune : eux, ils ont mangé le fruit... défendu !

***

Le lendemain, quand ils se réveillent, le soleil est déjà haut dans le ciel. Ils s'installent dans un endroit désert d'où ils peuvent embrasser du regard le plus large espace possible du paysage marin. Liliane, en bikini, appuyée contre le parapet, observe les timides vagues qui ondulent à la surface de la mer avant de s'écraser sur la coque du bateau. Des requins rôdent tout autour, flairant la présence humaine. Des voiliers sillonnent la mer un peu plus loin. Ils ressemblent à de petits points blancs en comparaison du gigantesque village flottant. Liliane s'immerge dans la contemplation de cet univers illimité, comme Laurent l'a fait la veille.

Celui-ci, à demi allongé sur un sofa, les mains soutenant sa tête, admire avec passion son amante, dont il découvre pour la première fois la splendeur plastique, et se délecte surtout à la pensée qu'ils ne font plus qu'un. Après la prise de possession des sens, c'est maintenant celle du cœur.

Brusquement, Liliane se retourne et surprend Laurent qui la dévore des yeux. Intimidée par l'intensité de ce regard passionné, elle dit d'une voix plaintive :

— Pourquoi me regardes-tu avec autant d'insistance, Laurent ? Tu me détestes déjà ?

— Je suis plutôt en extase devant ma déesse, répond-il. Sur le bateau de la traversée, je me suis arrêté à l'extérieur. Aujourd'hui, j'essaie de franchir la porte de ton cœur.

Liliane ne réplique pas. Elle s'avance doucement, s'assoit à côté de lui et pose sa tête sur sa poitrine.

— Depuis hier soir, tu en détiens la clé... répond-elle après un long silence. Mais quelle honte pour moi ! J'ai dû attendre l'âge de trente-six ans pour découvrir ma vraie nature de femme !

Elle pose son index sur les lèvres de Laurent, puis le ramène sur les siennes.

— Après seize ans de sacrifice douloureux, je viens de me livrer naïvement à un homme qui...

S'étant interrompue, elle pousse un soupir, puis regarde Laurent. Celui-ci se met alors à la caresser en jouant avec ses cheveux.

— Tu n'as pas terminé la phrase, dit-il. Un homme qui...

— Laurent, qui me dit que tu m'aimes comme je t'aime ?

— Cesse d'entretenir cette inquiétude absurde. À trente-quatre ans, je suis un adulte et je sais ce que je veux.

Liliane ne réagit pas à la mise au point de Laurent dont elle ne doute pas réellement de la sincérité. Il s'agit d'un simple test — un réflexe préventif — destiné à sécuriser la conquête. Laurent saisit ses mains et les frotte légèrement contre les siennes.

— Que veux-tu encore, chérie ? Nous nous sommes suffisamment regardés, n'est-ce pas ? Il est temps maintenant de décider quelle direction nous allons prendre.

Il lui raconte alors son parcours depuis leur séparation à l'aéroport, l'expérience qu'il a vécue avec les immigrants, ses déceptions du début, obligé de travailler dans des conditions détestables, sa décision d'étudier la justice criminelle pour aider les immigrants. Mais il reconnaît aussi qu'il est bien servi par ses capacités intellectuelles qui lui ont permis d'occuper des positions importantes au Centre des organisations inter-communautaires (CIC). Il lui apprend même comment il a rencontré Ludovic, qui est devenu son cher ami.

— Ah, Ludovic... soupire Liliane, qui a écouté avec attention le récit de Laurent. Ludovic est un homme bien. Il a été pour moi un ange gardien. C'est la première personne qui m'a introduite dans ce pays. C'est grâce à lui que nous pouvons nous trouver aujourd'hui à ce carrefour.

Liliane en profite pour retracer son propre itinéraire en décrivant le profil de tous les personnages qui l'ont marquée : les Vol Mar, Céline, Vanes et Toutrien, qu'elle considère comme une victime de la vie.

— Tu n'imagines pas les obstacles que j'ai dû surmonter pour survivre et rester égale à moi-même.

— Que dis-tu, Liliane ! Je travaille avec des immigrants, je suis donc très au fait de leurs problèmes.

— Ton cas est différent, Laurent. Tout était clair pour toi, dès le départ.

— J'ai beaucoup souffert à travers les mauvais traitements infligés aux autres... J'imagine que j'aurais pu me trouver à leur place...

Pendant qu'ils parlent ainsi, un des vacanciers promène son chien sur le pont du bateau. La pensée de Liliane se porte immédiatement sur Lover, le chien des Vol Mar.

— Ici, un chien a plus de valeur qu'un être humain, murmure-t-elle. L'immigrant est considéré comme une sous-espèce d'homme, un être humain de seconde classe.

— C'est pourquoi, répond Laurent, j'ai choisi cette carrière. Notre organisation travaille d'arrache-pied pour que cela change.

— À cet égard, je dois te féliciter pour ton intervention à la convention. Quelle éloquence ! C'était réellement Laurent Exilus ! dit Liliane.

Laurent expose alors les grandes lignes d'action de

l'organisation, qui jouit d'une excellente réputation grâce à son sérieux et à son professionnalisme. Mais il reconnaît qu'il reste beaucoup à faire, car le problème de l'immigration est très complexe.

— Puisque tu étais présente dans l'assistance, Liliane, dis-moi quelle a été la réaction des gens.

— Naturellement, tout le monde a bien accueilli le message, dit-elle. Mais pour moi, le problème reste entier. Ce sont toujours les mêmes paroles, la même rhétorique. En définitive, on piétine.

— En attendant, c'est la seule arme dont nous disposons, reprend Laurent.

— Je ne veux pas dire qu'il faut cesser de faire pression à travers des manifestations de rues, des conférences ou des conventions. Je pense seulement que ce n'est pas suffisant.

— En tout cas, on réussit à les convoquer à la table et à menacer leur carrière politique ! insiste Laurent.

Liliane sourit avec un air ironique, puis l'invite à aller se promener sur le pont du bateau. Après quelques minutes, elle revient à la conversation.

— Écoute, mon amour, ne nous berçons pas d'illusions. Les politiciens ne font que jouer la carte du temps. À force d'utiliser les mêmes armes, on finit par les rendre inefficaces, et ils le savent pertinemment.

Mais Liliane n'entend pas gâcher le plaisir que lui procure cette promenade en se livrant à des discussions politiques. Il faut attraper le temps qui passe et en jouir jusqu'à la satiété. Elle fait part de ses réflexions à Laurent qui se laisse convaincre.

— Eh bien, monsieur Laurent, dit-elle, tu oublies pourquoi nous sommes ici ? Allons, mon ami, laissons parler nos cœurs... Comment ! Tu n'es pas jaloux de tous ces gens qui me regardent avec autant d'attention ?

Laurent ne résiste pas. Tous deux retournent dans leur cabine où, enfermés tout l'après-midi, à l'abri des regards indiscrets, ils recréent le jardin d'Éden.

Blottie contre la poitrine de Laurent, Liliane se sent heureuse comme un bébé dans les bras de sa mère.

— On dirait un voyage de noces, murmure-t-elle.

— Quelle différence ? répond aussitôt Laurent. C'est le mariage le plus pur... Il est consacré par la nature elle-même... C'est le genre de mariage qui dure... Il ne repose sur aucun calcul.

— Tu as le don des reparties appropriées, dit Liliane.

— Le langage de la sincérité ne connaît pas de travers, continue Laurent. Il est dépouillé de tout artifice.

Pendant qu'ils devisent ainsi, ils allument la télévision. Un reportage couvre une marche organisée d'enseignants qui réclament l'amélioration de leurs conditions de travail. Ils reprochent au gouvernement de faire traîner les négociations et de se moquer d'eux. L'opinion publique est partagée sur la légitimité de ces revendications. Certains accusent les grévistes de paralyser les activités ; pour d'autres, les enfants sont les seules victimes. De leur côté, les organisateurs jurent de maintenir la pression jusqu'à l'obtention d'une réponse satisfaisante.

Laurent se sent dans son élément.

— Tu vois, Liliane ! Qui a raison ? La pression de la rue est la seule voie. À force de faire du bruit, on finira par leur forcer la main.

— Mais que remarques-tu, Laurent ? L'opinion publique commence à se fatiguer. Le mouvement finira par s'essouffler.

— Alors, que faut-il faire ? Se croiser les bras, se résigner ?

— Ce n'est pas ce que je veux dire. Il y a plusieurs phases dans la lutte : celle de l'activisme et celle du militantisme. À un moment, on doit être dans la rue. À un autre, on doit s'enfermer dans son cabinet de travail pour préparer l'étape suivante. Les grèves, les manifestations de rues ne sont que des stratégies. On ne peut pas les abandonner, mais on ne doit pas perdre de vue l'objectif qui est la résolution du problème. Bien des mouvements échouent parce que, souvent, leurs initiateurs confondent la stratégie et l'objectif, explique Liliane.

Laurent trouve ce raisonnement pertinent. Il relève la tête de son amie et déclare en souriant :

— Je suis un homme chanceux : ma femme est aussi une conseillère avisée !

— Qu'est-ce qu'une « femme » pour toi ? Comment sais-tu déjà que je veux être ta femme ? demande Liliane.

— L'amour vrai est un investissement. Une femme, pour moi, c'est celle qui s'investit auprès de l'homme qu'elle aime. Elle reçoit un dividende égal au capital, dit Laurent.

Après une pause, il ajoute :

— Tu vois, Liliane ; nous étions destinés à faire la route ensemble.

— Il n'y a plus rien d'impossible entre nous, Laurent. Je t'ai donné mon plus précieux trésor... Mais nous allons nous engager sur un chemin difficile. Souvent, nos ennemis seront ceux-là mêmes pour qui nous travaillons.

— Je le sais. C'est le fruit de notre éducation esclavagiste : on nous a appris à nous haïr mutuellement. C'est pourquoi notre organisation met l'accent sur l'éducation, une éducation libératrice.

— Tu comprends pourquoi je soutiens qu'un mouvement ne doit pas se baser exclusivement sur l'activisme pur. L'activiste réagit le plus souvent émotionnellement. Il suffit de la moindre promesse pour le détourner de la lutte. C'est comme le feu de paille qui vacille et s'éteint au moindre coup de vent.

À cet instant, ils interrompent leur discussion pour se concentrer sur un film à la fois instructif et relaxant. Il s'agit d'un couple qui, après s'être séparé à la suite d'un accident d'avion au-dessus d'une île, se réunit vingt ans après, à l'occasion d'une foire internationale.

Laurent et Liliane achèvent ainsi cette deuxième journée de navigation dans l'allégresse.

***

Samedi, 4 heures de l'après-midi. C'est la fin de la croisière. Les vacanciers s'apprêtent à rentrer chez eux. Liliane et Laurent viennent de passer les plus passionnants moments de leur existence. Ces trois jours marquent un tournant décisif dans leur relation. Ils s'embrassent avec fougue. Des larmes de joie baignent les yeux de Liliane, qui ne trouve pas les mots pour exprimer son amour à Laurent.

— Et maintenant, où allons-nous, ma chérie ? l'interroge-t-il.

— Je rentre chez moi, répond-elle immédiatement.

Mais Laurent la convainc de l'accompagner chez lui pour voir ses sœurs. Celles-ci les reçoivent effectivement avec enthousiasme. Julia remarque avec humour :

— Il semble que le frérot ait pris du poids !

Cette plaisanterie inattendue est accueillie avec bonne humeur par le couple. Tous dégustent ensuite un délicieux repas préparé à leur intention. Liliane reste une heure chez Laurent, qui lui fait visiter toute la maison, lui racontant même dans quelles conditions il l'a acquise. Avant de partir, Christie offre à Liliane un coffret contenant sa photo et celle de sa sœur.

— Nous pensions que vous alliez rester avec nous, dit la jeune fille.

— Céline risquerait de s'inquiéter, elle sait que je dois rentrer ce soir. C'est la discipline, mes enfants ! Et puis, un temps pour chaque chose... Ne bousculez jamais le temps, les filles !

Puis, après une pause :

— Mais quand souhaiteriez-vous que je revienne ?

— C'est votre maison, Liliane ! répondent-elles en chœur.

Entre-temps, le taxi que Laurent a appelé a signalé sa présence.

Une fois arrivée devant la maison de Céline, Liliane invite son ami à visiter son appartement, où il reste un bon moment.

— Qu'est-ce qui t'empêche de venir vivre avec nous ? Tu ne vois pas comme mes sœurs t'aiment ?

Liliane s'approche de Laurent, s'assoit sur ses genoux et l'embrasse.

— Sais-tu que tu es le premier homme que j'embrasse dans mon appartement ? Il est désormais ton appartement... en attendant que je te fasse une clé.

— Tu n'as pas répondu à ma question... dit Laurent avec courtoisie.

— Non, mon chéri. Nous venons à peine de créer des liens, que nous devons fortifier. Nous devons nous apprivoiser davantage, et ce, par l'habitude. Tu viendras chez moi quand tu le voudras, et de même j'irai chez toi.

Entre deux phrases, Liliane dépose un délicat baiser sur les lèvres de Laurent.

Puis elle continue :

— Nous avons volontairement décidé de voyager ensemble. Personne ne peut nous arrêter. Mais, comme pour tout voyage, nous devons bien faire nos bagages, pour ne rien oublier derrière nous dans notre empressement.

Laurent reste silencieux et pensif, donnant l'impression de digérer le message de Liliane.

— Tu ne réponds pas, Laurent ? Tu n'aimes pas que je sois assise sur tes genoux ?

Alors, comme elle s'apprête à se lever, il l'arrête et pose sa tête sur ses épaules.

— Je t'aime, Liliane... Tu es une femme très intelligente... Et maintenant, quel est ton projet ?

Avant de répondre, Liliane décroche du mur la photo de Rachel et la lui montre. Puis elle se rassoit sur les genoux de son compagnon.

— Rachel est pour l'instant ma seule préoccupation. Et mon objectif immédiat, c'est ma formation intellectuelle. La femme d'un administrateur ne doit pas être une idiote ! dit-elle en riant.

— Qui prendrait Liliane pour une idiote ? reprend-il aussitôt.

Après le départ de Laurent, Liliane, allongée sur son lit, revit ces trois jours de bonheur et de rêve qu'ils viennent de passer ensemble, et s'interroge sur la nouvelle orientation de sa vie. Elle s'endort seulement quand Laurent lui annonce qu'il est arrivé chez lui.

Chapitre 27

Le lendemain, dimanche, Liliane va frapper à la porte de Céline, qui l'accueille froidement. Le cataclysme qui s'est abattu sur le business de Vanes l'a sensiblement affectée. Aussi commence-t-elle à se désintéresser de sa locataire qui se trouve sans travail et surtout exposée à une expulsion.

— Ah, c'est vous, Liliane ? Je vous trouve transformée... Que se passe-t-il ?

— C'est toujours votre Liliane, Céline. Rien de changé.

— Et pourtant, je constate un grand changement. Il y a un an, vous n'auriez pas osé vous déplacer sans me dire où vous alliez. Alors, où étiez-vous depuis jeudi ?

— Ne confondez pas courtoisie avec obligation, répond Liliane. J'ai trente-six ans, Céline.

À ces mots, celle-ci la fixe d'un regard sévère.

— C'est la courtoisie qui vous autorise à recevoir des gens dans ma maison à 10 heures du soir ?

— Depuis quand une femme adulte était-elle tenue de rendre compte des invités qu'elle reçoit dans son appartement ? réplique Liliane.

— C'est un privilège réservé aux adultes libres.

— Laissez-moi partir puisque vous n'appréciez pas de me voir aujourd'hui, rétorque Liliane.

— Oh, ne partez pas encore ! Vous devez vous arranger pour déménager... Je ne veux plus courir le risque d'héberger une immigrée clandestine.

— Vous avez oublié votre promesse ? Vous allez

m'abandonner au milieu de la rivière ?

— Vous êtes adulte, Liliane. Vous pouvez vous débrouiller toute seule. Vous devriez avoir appris à nager ! reprend-elle sèchement.

— Mais je suis une bonne locataire. Jusqu'ici, j'ai toujours payé régulièrement.

— Vous avez bien fait de parler d'argent... J'allais oublier de vous dire que vous n'avez plus d'emploi au Club.

— Comment cela se fait-il ?

— Allez voir Vanes pour les explications... Je ne suis pas votre avocate.

Après cette rencontre peu amicale, Liliane retourne dans sa chambre. Elle ne souhaite pas laisser cet appartement, qui lui est devenu familier. Elle n'est pas non plus inquiétée par les remarques de Céline, qui n'est pas réellement préoccupée par la question des services de l'immigration ; en tant que femme d'affaires, elle doute surtout de la capacité de sa locataire à payer son loyer ; elle prépare donc le terrain pour se débarrasser de Liliane tout en gardant sa conscience tranquille.

***

Depuis cette conversation, la relation entre les deux femmes s'est sensiblement détériorée. Les sœurs de Laurent ne manquent pas de choyer Liliane et multiplient les invitations pour qu'elle vienne s'installer chez leur frère.

Grâce à la diligence et aux démarches de son ancienne camarade de travail, Liliane a pu trouver un emploi. Aussi, quand elle reçoit son chèque de salaire à la fin du mois, elle s'empresse de s'acquitter de son loyer. Cette fois-ci, Céline lui offre un large sourire en recevant l'enveloppe, et l'empêche même de s'en aller.

— Comment ? Vous ne vous asseyez plus chez moi, Liliane ? Vous devenez indifférente. Que se passe-t-il, ma fille ?

— Il ne se passe rien de spécial... Je me débrouille pour apprendre à nager.

— Quelle femme susceptible ! Depuis un an que vous êtes ici, combien de fois ai-je cherché à vous humilier ?

— Je ne peux pas vous demander d'être continuellement généreuse envers moi. Vous pouvez être fatiguée de me tenir sur votre dos, dit Liliane.

— Vous me blessez, avec ces paroles. Écoutez, ma fille, je suis jalouse. Vous vous absentez pendant trois jours, et puis vous revenez avec un homme... Je crains de vous perdre.

Connaissant la duplicité de Céline, Liliane ne répond pas.

— Vous ne me racontez plus vos petits ennuis. Mais quel est cet homme qui vous accompagnait ?

— C'est un ancien ami... Je n'aime pas qu'on contrôle ma vie privée.

— Mais où en sont vos relations avec Vanes ? J'aurais le cœur léger si c'était avec lui que vous aviez passé ces trois jours...

— Je regrette de vous décevoir, Céline, mais il n'y a jamais eu de relations intimes entre M. Vanes et moi, et il n'y en aura jamais. Et puis, en ce qui concerne votre loyer, ne vous inquiétez pas : votre revenu est garanti.

Se rendant compte qu'elle a définitivement perdu son ascendant sur Liliane, Céline se contente de lui rappeler que l'épée est toujours suspendue au-dessus de sa tête.

**

Liliane passe la journée dans sa chambre, concentrée sur son émission préférée. Elle s'entretient longtemps au téléphone avec Ludovic, plus occupé depuis qu'il a deux emplois — car tout en s'adonnant à sa nouvelle profession, il n'a pas abandonné son taxi. Les deux amis se sont promis de se rencontrer le lendemain, chez Laurent, pour leur dîner hebdomadaire.

Ce dimanche, Laurent a invité des amis de son association

pour une évaluation de la dernière convention. Dans un premier temps, toutes les conversations tournent autour de Laurent et de Liliane dont la prestance accapare l'attention de tous les invités.

Mais au moment du dessert, chacun donne son opinion sur la convention. Ludovic dénonce les pratiques inhumaines et horribles dont sont victimes les femmes immigrantes, qui sont acculées à la prostitution pour échapper à l'expulsion.

D'après lui, il faut ouvrir des centres d'accueil bien équipés pour héberger et protéger ces personnes, qui devraient également obtenir un statut juridique exceptionnel pour les empêcher d'aller en prison. Laurent informe ses amis des démarches entreprises en ce sens, ainsi que d'une collecte de fonds lancée pour la réalisation de ce projet.

Invitée à participer à la discussion, Liliane propose d'approcher le problème au niveau même du pays d'origine. D'après elle, la diaspora doit s'organiser et se transformer en une force de pression pour assouplir la politique migratoire.

— Il faut agir à la fois sur l'intérieur et sur l'extérieur. Car, en fin de compte, l'essentiel consiste à créer les conditions pour empêcher les gens de quitter leur pays.

Elle justifie son argument en posant des questions :

— Pourquoi émigrons-nous ? N'est-ce pas à cause du manque de travail chez nous ? Alors, encourageons les investissements de façon à créer des emplois. Ainsi, les gens n'auront pas envie de risquer leur vie dans la quête d'un mieux-être ailleurs. Personne n'aime traîner et subir des humiliations chez le voisin.

La journée se termine dans une ambiance de camaraderie qui enchante tous les convives.

***

Un mois s'est déjà écoulé depuis la rencontre de Rachel et de sa mère et au club des Recruteurs sans frontières. Des événements importants sont survenus entre-temps et ont modifié le cours de la vie de Liliane. Son unique inquiétude demeure le sort de sa fille. Malgré la présence de Ludovic au sein du comité d'investigation, aucune nouvelle rassurante ne lui est parvenue. Elle continue tout de même à croire à un dénouement favorable pour ces jeunes filles innocentes. Par ailleurs, par souci d'indépendance, elle a conservé son travail, refusant de cohabiter avec Laurent, malgré l'insistance de ses sœurs.

De son côté, le business de Vanes connaît de graves difficultés dues aux récents événements et dont les retombées heurtent Céline elle-même. Celle-ci est déterminée à garder Liliane sous contrôle afin de ne pas perdre sa précieuse contribution. Pour ce faire, elle utilise la méthode de la carotte et du bâton : tantôt la menace de l'Immigration pour l'intimider, tantôt les compliments pour l'amadouer.

On est au milieu de l'automne, au début du mois de novembre. Le dimanche suivant leur altercation, Céline décide d'aller trouver Liliane dans sa chambre pour tenter d'assainir l'atmosphère.

— Quel parfum suave ! dit-elle en entrant. Vous attendez quelqu'un, Liliane ? Quelle femme propre et méticuleuse ! Vous avez transformé cette pièce en un véritable appartement !

— On ne peut pas être pauvre et sale en même temps, répond Liliane.

La fraîcheur de la chambre impressionne et même trouble Céline. Le lit de deux places est recouvert d'un drap rose. De nouvelles photos sont accrochées au mur, montrant Ludovic, Laurent et ses sœurs entourant Rachel. Cette visite ne fait qu'engendrer des idées diaboliques dans la tête de Céline. « Liliane joue maintenant les grandes dames. Elle me défie dans ma propre maison. Eh bien, je vais la frapper pour de bon ! », se dit-elle.

Son exploration terminée, elle se tourne vers sa locataire en souriant :

— Mes compliments, ma fille ! Vous avez du goût. Un bisou pour cela.

Elle l'invite ensuite au salon pour un petit entretien.

— Je dois vous communiquer une information importante, Liliane. Je suis obligée d'augmenter le montant du loyer, vous paierez désormais un peu plus cher...

— Mais que se passe-t-il ? Je ne suis pas en mesure de payer davantage, avec mon maigre salaire.

— Cela ne regarde que vous, ma chérie. Une femme adulte est supposée savoir comment trouver de l'argent.

— Je vous ai toujours payée régulièrement, Céline. Et je ne vous permets pas de m'insulter.

— Il y a un an, vous n'auriez pas osé me parler sur ce ton. Maintenant, vous prenez de ces airs... Vous êtes devenue arrogante et même hautaine !

Soudain alertée par la sonnette de la porte d'entrée, Céline se hâte d'aller ouvrir et se retrouve face à un inconnu. Aussitôt qu'il pénètre dans la maison, Liliane lui saute au cou :

— Oh, Ludovic ! Qu'est-ce qui t'amène ici ? Pourquoi ne m'as-tu pas prévenue ?

— Je voulais te faire une surprise.

Profitant de l'absence de Céline qui, par courtoisie, leur a laissé le champ libre, Ludovic annonce à Liliane que ses investigations vont bon train et que les parents des jeunes filles victimes bénéficieront d'importantes indemnités.

Chapitre 28

La visite de Ludovic aggrave le malaise entre les deux femmes durant les jours suivants, marqués par des agressions verbales. Même la passivité de Liliane ne suffit pas à éviter le scandale, qui se produit le jour de Thanksgiving.

À la suite d'une pluie torrentielle accompagnée d'un vent violent, Céline, debout sur le pas de la porte d'entrée, constate avec dépit l'accumulation de feuilles sèches et d'autres détritus laissés sur le trottoir à cause de l'obstruction des bouches d'égout. Elle pense à la nécessité d'un nettoyage immédiat et surtout aux importantes dépenses qui en résulteront.

Brusquement, la présence de Liliane la surprend. Habillée comme un paon, celle-ci s'apprête à sortir, mais Céline lui bloque le passage.

— Comment ? Vous êtes folle, Liliane ? Où allez-vous par ce temps ? Vous ne voyez pas l'état de la rue ?

— Merci, Céline, pour votre prévenance. Mais ne vous inquiétez pas, on vient me chercher.

— Qu'on vienne vous chercher ou pas, cela n'est pas la question. Qui va m'aider à nettoyer le trottoir ?

— Depuis quand suis-je engagée pour effectuer ce travail ?

Liliane se ravise.

— D'accord, je vous laisserai ma contribution... Je ne peux pas rater mon rendez-vous. C'est important pour moi, Céline.

Mais celle-ci ne bouge pas, cherchant visiblement la confrontation. L'attitude pacifique de sa locataire excite sa colère, la transformant en un fauve affamé dans un ultime effort pour maîtriser sa proie sur le point de s'échapper.

Elle brandit alors l'arme de la vengeance en décidant de porter un coup fatal à l'impertinente : elle va la jeter à la rue, puis engager un de ses hommes de main pour la dénoncer à l'Immigration, après l'avoir violée.

L'idée de cette vengeance complète la remplit de joie. Elle s'adresse alors à Liliane avec un sourire cynique, celui du bourreau narguant sa victime avant l'exécution :

— Je voulais seulement plaisanter, ma chérie. Je n'ai pas besoin de votre contribution. Allez jouir de votre rendez-vous, ma fille. D'ailleurs, c'est moi qui vous ai conseillé cette voie !

— Ne vous moquez pas de moi, Céline. Je vous connais assez, à présent. Je sais que les gens de votre espèce n'ont pas de scrupules. Vous voulez m'embrasser pour mieux m'étouffer, n'est-ce pas ? Mais cela ne se produira pas.

— Qui pourrait empêcher que cela se produise ? D'ailleurs, j'en ai assez de votre insolence, Liliane. Vous me marchez trop souvent sur les pieds. Vous me forcez à agir ! crie Céline, au comble de la colère.

Liliane la regarde avec un calme provocateur, sans mot dire. Céline, de plus en plus furieuse, continue ses invectives :

— D'ailleurs, dit-elle avec détermination, je suis maîtresse de ma maison ! Désormais, il n'y aura plus de place pour vous chez moi ! Je veux récupérer ma chambre dès demain !

— J'ai payé pour être ici, répond Liliane.

— Le contrat est rompu ! C'est ma décision !

— Vous me devez un délai pour trouver un autre appartement.

— Si vous persistez, la police s'en mêlera, avec toutes les conséquences que vous savez...

— Les conséquences seront partagées, Céline. Vous m'avez acceptée volontairement sous votre toit.

— La police. C'est encore moi, dit Céline. Ne vous bercez pas d'illusions, ma chère.

— La justice, c'est vous aussi, avec ses investigations, ses amendes ? En tout cas, je ne serai pas la seule à plaider coupable.

Céline comprend les insinuations menaçantes de Liliane, mais ne baisse pas les bras.

— Depuis quand l'oiseau sauvage a-t-il le droit de chasser celui de la cage ? Je suis dans mon pays, Liliane, dans ma maison ! Je suis libre, Liliane ! Et vous prétendez m'intimider, petite immigrante ? reprend-elle avec force.

— Tout oiseau a été sauvage avant d'être domestiqué.

— J'appelle immédiatement la police si vous continuez à répliquer.

Céline saisit alors le combiné du téléphone et commence à composer le numéro.

— Posez ce téléphone, Céline. Vous allez commettre une bêtise irréparable.

— Alors, allez rassembler vos affaires, je ne veux plus vous garder ici.

Liliane secoue alors la tête, flegmatique et silencieuse, puis s'approche de Céline qu'elle embrasse. Celle-ci se laisse faire sans la moindre répulsion, ne comprenant pas ce changement de comportement. Elles s'installent ensuite sur le sofa, et Liliane lui parle doucement, avec de la compassion dans la voix :

— Je vous aime, Céline. Je comprends votre mauvaise humeur. Vous m'avez fait beaucoup de bien, Manmie... Alors, je ne veux pas que vous perdiez votre maison. Je ne veux pas non plus que vous alliez en prison pour une sottise...

À ces mots, Céline s'écarte :

— Que me racontez-vous encore ? Vous bluffez, maintenant...

Vous voulez me terroriser... Mais vous ne m'empêcherez pas de vous infliger la correction que vous méritez.

— Oui, je pourrais vous terroriser, dit Liliane énergiquement. Mais je ne suis pas une femme ingrate. Je ne peux pas oublier que j'ai traversé la rivière sur votre dos.

Elle l'attire à nouveau vers elle et, baissant la voix, chuchote à son oreille :

— Je veux vous protéger malgré vous, Céline.

Les deux femmes restent accolées l'une à l'autre, produisant une scène émouvante dans laquelle Céline semble accablée sous le poids de cette révélation franche et inattendue, tandis que Liliane s'élève vers la majesté que confère un cœur pur et généreux.

Finalement, Liliane lui confie :

— Si vous appelez la police, cela vous coûtera cher, Manmie Céline.

Liliane exhibe alors sa carte verte. Au même moment, son téléphone portable sonne. C'est Laurent qui lui annonce son arrivée.

Il est 10 heures du matin. Quelques minutes plus tard, la voiture s'arrête devant la maison. Liliane rejoint son amant, accompagné de ses sœurs. Céline sort pour voir démarrer la voiture en trombe, emportant sa protégée tout heureuse au milieu de ses nouveaux amis.

Elle vient d'apprendre la plus grande leçon de sa vie : il ne faut jamais sous-estimer l'intelligence de ses semblables.

Elle entre dans sa chambre, se jette sur son lit et dialogue avec elle-même. Elle se reproche de n'avoir pas cherché à pénétrer la personnalité de Liliane. Trop habituée à dominer, elle lui a appliqué les mêmes méthodes qu'aux autres, avec lesquels elles ont réussi, ne réalisant pas que chaque être humain réagit selon sa motivation et ses convictions.

Céline appréciait réellement la compagnie de Liliane, une femme sympathique et respectueuse. Elle se demande si elle ne l'a pas perdue définitivement.

Pendant que Céline s'abîme dans ses tristes pensées, Liliane, de son côté, récolte les fruits de sa sagesse et de sa patience. Ses belles-sœurs la comblent d'affection et la considèrent déjà comme une mère. Sa bonhomie annonce un souffle d'air printanier dans la maison de Laurent.

Chapitre 29

Ce dîner familial s'annonce sous les meilleurs auspices. Un cordon bleu a été engagé spécialement pour la circonstance.

Il est 2 heures de l'après-midi. Tout est prêt. Une douce musique égaie l'atmosphère en attendant l'arrivée de Ludovic et de son épouse. Enfin, la sonnerie retentit.

— Les voilà ! s'écrie Julia.

Christie se précipite à la porte, précédée de Laurent, pour accueillir « Mme Ludovic » et Désir, leur garçon.

— Où est Ludovic ? demande Laurent, légèrement contrarié.

— Il arrivera un peu en retard, répond Mme Ludovic en lui glissant dans la main un mémo que Laurent lit hâtivement : « Mon cher ami, veuillez m'excuser. Un imprévu m'empêche d'arriver avec les autres. Veuillez commencer sans moi. Ludo. »

Mme Ludovic rassure Laurent en lui expliquant que son mari a reçu un appel urgent d'un collègue lui demandant de le rencontrer.

Les deux invités sont conduits directement à la salle à manger où Liliane et Julia les reçoivent. Après les présentations d'usage, Liliane et l'épouse de Ludovic commencent à échanger des politesses. Liliane ne manque pas de féliciter Désir pour son élégance et sa ressemblance avec son père. Dans cette atmosphère joyeuse et détendue, chacun trouve un mot plaisant pour provoquer les rires.

La mère de Désir ne cache pas à la mère de Rachel sa peine lorsque Ludovic lui a raconté ses misères.

— Maintenant, dit Mme Ludovic, il reste Rachel... J'espère que tout finira bien pour elle.

Liliane ouvre la bouche pour répondre, mais c'est par des larmes qu'elle s'exprime en entendant le nom de Rachel. Sa conscience lui reproche sa désinvolture de mère face à l'incertitude du sort de sa fille. Elle ne devrait pas se sentir heureuse au moment où Rachel court peut-être les pires dangers. Mme Ludovic s'empresse de s'excuser d'avoir ouvert cette plaie douloureuse. Julia apporte à Liliane une serviette pour sécher ses yeux tandis que Désir, assis à ses côtés, passe son bras autour de son cou.

— Ne vous inquiétez pas, dit-il. Tout se passera bien. J'en ai l'intuition. Je désire ardemment que tout finisse bien, pour le bonheur de tous.

Liliane le regarde avec tendresse et secoue la tête en guise de remerciement.

— Merci, mon garçon. Oui, Rachel reviendra pour notre bonheur à tous.

L'atmosphère redevient vite sereine. Cependant, malgré les efforts de ses amis pour la consoler, la tristesse de Liliane influence l'assistance, au point que personne n'ose commencer le repas. Julia prend finalement l'initiative. Elle se lève et, après avoir servi Liliane, se place juste à côté d'elle.

— Mangez, Manmie Liliane, glisse-t-elle à son oreille. Nous verrons Rachel bientôt, et vous serez heureuse au milieu de vos trois filles...

Ces paroles attendrissantes provoquent de nouveau des larmes que Liliane se hâte de sécher pour éviter que son malheur ne compromette ces agapes. Elle appuie sa tête sur les épaules de sa belle-sœur en murmurant :

— Merci, ma chérie. Je sais que tu m'aimes... mais essaie de me comprendre.

Ces effusions de tendresse émeuvent la table et renforcent le sentiment familial qui se développe subtilement.

***

Brusquement, Ludovic pénètre dans la salle, accompagné d'une femme.

— Excusez-moi de vous avoir fait attendre, dit-il. J'espère que mon retard n'a pas gâché la fête !

Liliane se lève précipitamment pour l'embrasser. Puis il continue :

— Mes chers amis, j'ai le plaisir de vous présenter ma camarade de travail. J'ai voulu qu'elle partage avec nous la joie de ce festin exceptionnel.

Tout le monde applaudit en un concert de bienvenue.

— Mais ce n'est pas tout, annonce Ludovic. Je vous ai apporté un cadeau de Thanksgiving. Il est trop lourd, je ne peux pas l'apporter ici seul... Si Laurent voulait bien m'aider ?

Dans l'expectative, chacun s'interroge sur la nature de cet énorme cadeau. Mme Ludovic s'étonne que son mari ne l'ait pas mise au courant de cette surprise.

Quelques minutes plus tard, Ludovic et Laurent reviennent les mains vides, mais accompagnés d'une jeune fille, toute rayonnante par son visage et attrayante par sa démarche. Rachel ne distingue pas du premier coup sa mère au milieu de ses amis. Il est plus facile pour Liliane de la reconnaître, d'autant plus qu'elle accapare toute l'attention.

Aussitôt qu'elle la voit, Liliane pousse un cri assourdissant. Elle s'écarte précipitamment de la table et court vers Rachel.

— Rachel ! Rachel ! Rachel, ma chérie, mon amour...

Elle répète son nom encore et encore.

— Oh, Rachel ! C'est toi, c'est bien toi !

Elle l'embrasse à n'en plus finir, la presse sur sa poitrine au point de l'étouffer, palpe tout son corps comme pour s'assurer que ce n'est pas un fantôme. Puis elle s'éloigne d'elle, la regarde de la tête aux pieds, essaie en vain de la soulever, puis la reprend dans ses bras, et elles restent ainsi blotties l'une contre l'autre. Cette scène poignante dure un bon moment sous les yeux des spectateurs saisis par l'émotion.

Puis Liliane, tenant sa fille par la main, se dirige vers Ludovic qu'elle embrasse longuement avant de déclarer :

— Tu as tenu ta promesse, Ludo... Tu m'as rendu ma fille... Tu seras sûrement récompensé de ta générosité !

Liliane s'approche ensuite de la mère de Désir et demande à Rachel de l'embrasser en lui disant :

— Voici Mme Ludovic, la mère de Désir.

Alors, sans même attendre l'invitation et dans un élan spontané, les autres amis se jettent sur Rachel et la couvrent de baisers affectueux.

Le dîner est ainsi relancé sous le signe des retrouvailles entre la mère et la fille. La joie se lit sur le visage de Liliane, qui adresse de temps en temps un petit geste maternel à sa fille. Julia et Christie inventent tour à tour de petites plaisanteries pour mettre Rachel au diapason.

Mais la jeune fille semble dépaysée. Elle navigue entre l'univers féerique de la rêverie et la certitude de la réalité. Son apparente indifférence relève plus de l'émotion que de la timidité. Car, après tant d'années de frustrations et de privations, elle ne peut se guérir instantanément de son traumatisme. Il lui faudra du temps pour s'adapter à sa nouvelle vie, tout comme le prisonnier qui, même libéré, reste attaché quelque temps à son univers carcéral.

Rachel ne s'attend pas à profiter de la présence de sa mère ce jour-là. En outre, elle aimerait certainement être seule avec elle pour savourer pleinement ces retrouvailles. Mais, en reprenant ses esprits, elle s'adresse à Laurent pour le remercier de son amitié pour sa mère. S'ensuivent alors des échanges entre elle et les autres jeunes gens qui l'entourent.

Ludovic les informe que Rachel et les autres filles doivent passer quelques mois au centre de réhabilitation avant de réintégrer leurs familles respectives.

Après leur départ, tous se réunissent à nouveau au salon. La conversation prend alors un caractère plus enjoué.

Mme Ludovic s'adresse à Liliane :

— À présent, plus rien ne manque à votre bonheur ! Vous avez retrouvé votre fille, et puis... Complétez ma pensée, dit-elle.

Liliane ne répond pas. Mais à cet instant, ses yeux croisent ceux de Laurent qui, assis juste en face d'elle, l'observe discrètement.

Désir propose alors que la prochaine rencontre se fasse chez lui, en insistant sur la présence de Rachel.

***

Tous les invités sont partis. Pendant que Julia et Christie rangent la salle à manger, Laurent et Liliane restent seuls au salon.

— Tu es satisfaite de la journée ? lui demande Laurent.

— C'est réellement une journée de Thanksgiving... Je me sens comblée.

Laurent souligne l'intérêt que les Ludovic accordent à Rachel et se réjouit qu'elle ait échappé à la catastrophe.

— La famille Ludovic est très organisée, dit Liliane. Ludovic est un homme généreux. Je n'oublierai jamais ce qu'il a fait pour moi.

Feignant la jalousie, Laurent ajoute :

— C'est moi que la chance n'aime pas : je n'ai même pas droit à une famille organisée !

— Mais on parle de la famille Ludovic. Attends ton tour... dit Liliane.

— En tout cas, je suis impatient ! dit Ludovic. Je suis un peu comme le cabri : seul ce qui est dans mon estomac compte.

— Et quelle est la nature de cette nourriture qui excite tant ton envie ? En est-ce une que tu vas rejeter avec la même précipitation que tu l'as avalée ?

Se rendant compte de son écart de langage, Laurent s'apprête à rectifier quand Julia et Christie entrent dans la salle à manger et courent se blottir contre la poitrine de Liliane.

— C'est notre plus belle journée depuis que nous sommes ici ! s'exclame Julia.

— J'aime Rachel, ajoute Christie. Elle est gentille comme Manmie Liliane !

Julia va ensuite s'asseoir sur les genoux de son frère.

— Merci, frérot, lui dit-elle en l'embrassant. Nous sommes comblées. Tu nous as donné une autre sœur et une mère !

— Tu as l'air fatiguée, dit Christie à Liliane. Allons voir ta chambre !

Liliale tourne alors son regard vers Laurent, puis baisse les yeux et se met à pleurer. Elle ne peut pas refuser l'accueil chaleureux de ces jeunes filles, même si elle y sent la complicité de leur frère.

Une fois dans la chambre de Liliane, Christie explique :

— Depuis que Laurent a acheté cette maison, cette chambre a toujours été réservée pour la « femme du bateau », qu'il espérait retrouver un jour. Nous savons qu'il n'y a pas une autre femme du bateau qui s'appelle Liliane.

Secouée par l'émotion, Liliane étreint les deux jeunes filles dans un élan de tendresse maternelle, puis court se jeter dans les bras de Laurent qui, jusqu'alors, a laissé l'initiative à ses sœurs.

— Tu as finalement triomphé, Laurent.

— Non, Liliane, ma chérie... Nous étions destinés à faire la route ensemble. C'est la constance de l'amour qui a triomphé.

Tous laissent alors Liliane seule dans sa chambre, qui savoure cette nouvelle expérience.

Table des matière

- Chapitre 1 9
- Chapitre 2 17
- Chapitre 3 23
- Chapitre 4 39
- Chapitre 5 45
- Chapitre 6 53
- Chapitre 7 63
- Chapitre 8 67
- Chapitre 9 75
- Chapitre 10 81
- Chapitre 11 87
- Chapitre 12 95
- Chapitre 13 99
- Chapitre 14 107
- Chapitre 15 115
- Chapitre 16 119
- Chapitre 17 127
- Chapitre 18 135
- Chapitre 19 139
- Chapitre 20 147
- Chapitre 21 151
- Chapitre 22 157
- Chapitre 23 165
- Chapitre 24 177
- Chapitre 25 181
- Chapitre 26 195
- Chapitre 27 209
- Chapitre 28 215
- Chapitre 29 221

Imprimé en Allemagne
Achevé d'imprimer en mai 2022
Dépôt légal : mai 2022

Pour

Éditions Milot
17, rue du Pressoir
95400 Villiers-Le-Bel